SONNENVERBRANNT

HEXENFLUG NOVELLE #02

KIM NEXUS

Für Björn,

seit über zwanzig Jahren einer meiner besten Freunde,
dessen sprudelnde Kreativität, lebhafte Fantasie
und scheinbar endlose Fähigkeit zu träumen
mich erst eifersüchtig gemacht haben,
dann zum Streben brachten,
und jetzt fortlaufend
inspirieren.

Go on,
Noble
Hero!

INHALT

KAPITEL EINS

EIN WUNDERSCHÖNER MORGEN

KARRAKII, CA. 10 MENSCHLICHE STANDARDJAHRE ZUVOR

Die Luft war frisch und kalt, als sie meine Federn umspielte und meinen Schnabel streichelte. Alles, was ich hören konnte, waren die Geräusche des Waldes, welche zu dieser frühen Stunde seltsam gedämpft an meine Ohren drangen, und das verzweifelte Schlagen meiner Flügel, als ich mich zu den Grenzen meiner Kraft und Ausdauer vorkämpfte.

Obwohl mein Rücken inzwischen zu schmerzen begann, schlugen meine vier Flügel gleichmäßig, und ich arbeitete mich unaufhaltsam höher.

Auf, auf, auf, bis die grüngelbe Schicht des obersten Laubes mein ganzes Blickfeld einnahm.

Am liebsten wäre ich um die vereinzelten orangefarbenen Sonnenstrahlen getanzt, welche durch die sanft schwankenden Blätter brachen, doch hätte ich dann vielleicht nicht mehr genug Kraft gehabt, um die Baumkrone zu durchstoßen.

Vielleicht auf dem Weg nach unten …

Abwärts war immer leichter, da musste ich nur alle Federn ausbreiten und gleiten, den Rest erledigte die Schwerkraft.

Aufwärts, das war der Kampf.

Dieser Kampf war in meinem Namen vorherbestimmt.

*E*RSTE *F*RAU, *DIE IM FREIEN* *H*IMMEL *FLIEGT*.

Ich hatte es schon oft versucht.

Schon als kleiner Jungvogel hatte ich davon geträumt, die riesige Entfernung zu überwinden und die höchsten Bäume zu erklimmen.

Man konnte sie hochklettern. Es war einfacher, sagten viele. Doch das war eine Krücke für die Schwächlinge, die es nicht aus eigener Kraft schafften.

Nein, ich würde es so tun, wie unsere Art es tun sollte.

Nachdem mich unzählige Farbwechsel der Blätter zu einer Frau, Gefährtin und dreifachen Mutter gemacht hatten, würde ich nach all der Zeit des Trainings und der Anstrengungen endlich die oberste Schicht durchstoßen und den freien Himmel sehen.

Heute würde ich es schaffen.

Ich konnte es in meinen Schwanzfedern spüren.

Nur noch ein bisschen höher.

Die Muskeln in meinem Rücken gaben alles und ich spürte, wie sich ein Krampf anbahnte. Ich hatte nur noch wenige Herzschläge, bevor ich sie entspannen musste, um dem entgegenzuwirken, sonst würde es mir unmöglich sein, die lebenswichtigen Bewegungen fortzusetzen. Dann würde ich wie ein toter Ast auf den dunklen, erdigen Teil des Planeten unter mir stürzen.

„Ich kann es schaffen!", keuchte ich.

Die Blätter waren nur noch ein paar Flügellängen entfernt.

„ICH KANN ES SCHAFFEN!"

Mit einem tiefen Atemzug hörte ich auf zu kämpfen, entspannte meinen Rücken und ließ mich für zwei Herzschläge fallen, um meinen gequälten Gliedern ein winziges Maß an Erholung zu gönnen, bevor ich sie erneut zum Einsatz zwang und mit allen vier schwarzen, in blauen Spitzen endenden Flügeln kräftig zuschlug. Bei voller Länge spreizten sich alle meine Federn, um so viel Luft wie möglich unter sich einzufangen.

Ich durchstieß eine der sanft schwankenden grüngelben Leinwände, dann noch eine und noch eine.

Und plötzlich war ich im Freien.

Orangefarbenes Licht ergoss sich über meinen Körper, erstickende Hitze und blendende Helligkeit hüllten mich ein, während der majestätische gelbe Himmel meine ganze Sicht ausfüllte.

Mit einem letzten, beherzten Flügelstoß schwenkte ich zur Seite und landete auf dem Stengel des nächsten Blattes.

Während mein Körper sich völlig ausgelaugt, ja, halb zerstört anfühlte und meine Flügel unkontrolliert zitterten, als ich sie einklappte, jubelte meine Seele.

Ich hatte es geschafft!

Ich hatte es wirklich und wahrhaftig geschafft!

Freudiges Lachen sprudelte aus mir heraus und ergoss sich über die endlose Weite meines Zuhauses. In blendendem orangefarbenem Licht wachte Vater Himmel über das ungebrochene Grün von Mutter Wald und streichelte sie zärtlich, damit sie seine Kinder zur Welt bringen und sie vor der rohen Energie seiner ungezügelten Leidenschaft schützen konnte.

Kinder wie ich, welche Gefahr liefen, auszutrocknen und zu verbrennen oder zu geschwächt wären, um den Rückweg zu bewältigen, wenn sie zu lange in seiner ungefilterten Gegenwart verweilten.

Die Hitze brannte bereits auf meinen Federn, und meine Augen begannen auszutrocknen und zu prickeln. Bliebe ich zu lange, würde ich ohnmächtig werden und fallen, wie meine Namensvetterin. Mit dem Unterschied, dass Mutter Wald keinen Teich für mich weinen, und aus meinem gebrochenen Körper kein Obstbaum entspringen würde. Nein, Mutter Wald würde wahrscheinlich nicht einmal auffallen, dass ein winziger Vogel in ihrer gewaltigen Menagerie des Lebens fehlte.

Meine Familie würde es jedoch bemerken. Meine Schutzbefohlenen hätten das Nachsehen.

Mit Mühe riss ich mich von dem atemberaubenden Anblick los, griff in den Beutel an meinem Gürtel und holte die beiden Federn heraus, welche ich für diese Gelegenheit aufbewahrt hatte. Der Schmerz kehrte zurück, greifbar und unerbittlich, als ich auf die hübschen Farben starrte, welche sich im weichen Flaum miteinander mischten.

„Ihr wart so wunderschön", murmelte ich, während ich meine Augen schloss und sie in einer letzten Liebkosung sanft an meinem Schnabel rieb, „zu schön für dieses Leben, vielleicht ..."

Ich richtete mich auf und blinzelte entschlossen in die gleißende Helligkeit. In weiter Ferne glitzerte einer der Raumhäfen im niedrigen Orbit, dessen Metallkonstruktion sich gegen den dort noch dunklen Himmel abhob.

„Ich bitte dich, endloser Vater", sang meine Stimme, auch wenn ich ein paar Mal tief durchatmen musste, damit sie nicht brach, „leuchte meinen Töchtern aus barmherziger Ferne; führe sie sicher in ein neues, glückliches Leben!"

Noch einmal holte ich Luft, dann sah ich hinab, „Ich bitte dich, liebende Mutter, beschütze sie in ihrem neuen Leben, so wie du meinen Sohn in diesem beschützt. Möge dein Schatten auf uns alle fallen!"

Dann öffnete ich meine Hände. Der Wind erfasste die Federn und trug sie weiter fort, als meine Augen sie verfolgen konnten.

Ein gutes Zeichen.

Mit einem letzten Blick und einem trockenen Gefühl in der Kehle rutschte ich das Blatt hinunter und öffnete meine Flügel weit, sobald ich das Laub hinter mir gelassen hatte, um auf dem Wind nach Hause zu gleiten.

KAPITEL ZWEI

DER ANGRIFF

DREI TAGE SPÄTER SCHMERZTE MEIN RÜCKEN NOCH immer von den Nachwirkungen der anstrengenden Übung.

„Ich nehme an, deinem Gefährten hat das nicht gefallen?!", fragte VERIRRTER SONNENSTRAHL, während sie meinen Speer kontrollierte.

Ich lachte, „Nein, natürlich nicht. Er macht sich immer so viele Sorgen."

„Na ja, wenigstens kannst du jetzt mit diesem Unsinn aufhören, oder?", überzeugt davon, dass ich mich auch weiterhin gut darum kümmerte, gab sie mir die Waffe zurück.

Wir erhoben uns in die Luft, um unser tägliches Trainingsprogramm zu beginnen. Trotz ihres fortgeschrittenen Alters war es für meine Lehrerin wie immer ein Leichtes, mich auszumanövrieren. Heute machte das anhaltende Stechen in meinem Rücken meine Ausweichversuche nur noch schmerzhafter.

Zugleich war ich mir der unglaublichen Ehre bewusst, überhaupt von ihr unterrichtet zu werden. Dass sie sich dazu bereit erklärt hatte, war nicht etwa mein eigener

Verdienst. VERIRRTER SONNENSTRAHL hatte mir ihren Lehrring angeboten, weil mein Vater in der Vergangenheit etwas für sie getan hatte. Etwas, worüber sich scheinbar alle in unserem Dorf einig waren, es nicht zu besprechen.

Vielleicht, da es geschah, bevor sie sich hier niederließen, als sie für Geld zwischen den Sternen kämpften, nur um festzustellen, dass Geld ein leeres Versprechen ist und das wahre Glück darin besteht, frei zu fliegen.

Zumindest hatte Vater das oft behauptet. Es war eine in unserem Volk weit verbreitete Ansicht. Auf engem Raum, ohne Schwerkraft und Luftströmungen, funktionieren Flügel nicht. Selbst als unsere früheren Herren unser Volk in eine raumfahrende Spezies verwandelten, hörten die meisten lieber auf ihre tief sitzenden, instinktiven Bedürfnisse, als den Planeten zu verlassen.

Die plötzliche Befreiung von der erzwungenen Migration zu den Sternen vor einigen Generationen löste eine neue Wertschätzung für die Zeit davor aus. Traditionelle Siedlungen wie diese hatten bestanden, noch bevor unser Volk erste Aufzeichnungen verfasste. Der alte Weg, der wilde Weg, hatte sich immer gehalten.

Mittlerweile lebten 95 % meines Volkes wieder wie unsere Vorfahren, im Gegensatz zu den 70 % nur 30 Rotationen zuvor.

Dieses Leben war alles, was ich kannte, und die Sterne interessierten mich nicht. Ich hatte kein Interesse an den großen Siedlungen, die zu vollgestopft mit Wohnräumen und toten Pflanzen waren, um ihren Bewohnern genug Platz zum freien Fliegen zu bieten. Ich war mit meinen Eltern in einer davon gewesen. Und ich hatte das Funkeln in Vaters Augen gesehen, als sie den Shuttles aufwärts folgten. Ich hatte gesehen, wie der Funke auch auf Mutter übersprang.

Wer wusste schon, was Vater dort oben gefunden hatte, das ihn nach den Sternen sehnen ließ. Er selbst konnte es nie erklären.

Verirrter Sonnenstrahl konnte es mir auch nicht sagen. So wie sie mir auch nie erzählte, was zwischen Vater und ihr vorgefallen war.

Und als ich ihren Lehrring annahm und meinen Namen darauf einritzte, war das zugleich ein stummes Versprechen, sie nie wieder danach zu fragen.

Es hielt mich natürlich nicht davon ab, das Geheimnis auf anderen Wegen lüften zu wollen. Doch da meine Eltern schon vor langer Zeit weitergezogen waren, blieben mir nur wenige Anhaltspunkte.

„Na ja …", ich wich dem Stoß ihres Speers nur knapp aus und drehte mich in der Luft, um eine bessere Position zu erreichen.

„Willst du es etwa noch mal machen? Über die Bäume fliegen?", mit Leichtigkeit entflog sie meinem Hieb und vollführte dabei dieses Manöver, bei dem sie rückwärts zu schweben schien.

Selbst nach detailreicher Erklärung der Technik und tagelangem Üben sah ich mich nicht imstande, es nachzuahmen. Meine Flügel gerieten dabei immer wieder durcheinander und behinderten sich gegenseitig. Es hatte halt seinen Grund, warum sie die Meisterin war.

„Würdest du das denn nicht?"

Daraufhin legte sie nur den Kopf schief, ihre großen schwarzen Augen voll neugieriger Skepsis.

Sie verstand es nicht. Keiner von ihnen verstand es.

Schließlich lachte sie, „Oh, *Erste Frau, die im freien Himmel fliegt*, du bist manchmal wirklich so verrückt wie dein Vater."

. . .

Bevor ich etwas erwidern konnte, läuteten die Alarmglocken.

Zuerst nur eine, dann eine zweite, dann eine dritte. Schließlich stimmten sie alle in den wilden Chor ein.

Wut- und Angstschreie hallten durch die Bäume und ließen einen Schwarm Schattenkäfer, welcher es sich auf einem Baumstummel gemütlich gemacht hatte, jäh aufschrecken.

„Plünderer!", VERIRRTER SONNENSTRAHL gab den Kriegern das Zeichen, sich in Gruppen zu formieren und ihre Posten zu besetzen.

Bevor sie ihre Befehle beenden konnte, schoß ein Lichtblitz durch die Luft, durchschlug ihre Brust und flog dann einfach weiter. Ein anderer Schüler wurde am Flügel getroffen und der plötzliche Schmerz ließ ihn gegen einen nahen Baum prallen.

„Meisterin!", ich stürzte herbei, um zu helfen, obgleich ich wusste, dass es bereits zu spät war. Das Licht in den Augen meiner Lehrerin erlosch augenblicklich, als ihr Körper sich kurz verkrampfte, nur um dann sofort wieder zu erschlaffen und zu fallen.

Ich schwang herum, auf der Suche nach der Quelle des Schusses. Meine Hand warf den Speer, bevor ich das Ziel vollständig identifiziert hatte. Dennoch traf die Waffe und die vermummte haslaroide Gestalt schrie auf, als ich ihren Rumpf durchbohrte und sie an den Baum nagelte.

Weitere Lichter blinkten auf, wie fallender Tauregen, jedoch von allen Seiten, nicht nur von oben.

Ich tauchte ab und riss meiner Lehrerin den Speer aus der Klaue, bevor er sie in die Schatten begleiten konnte. Unter normalen Umständen hätte ich sie aufgefangen und auf einem nahen Ast abgelegt, doch hatte ich keine Zeit dafür.

So unehrenhaft mein Verhalten auch war, die Aggressivität der Plünderer konnte nur eines bedeuten: Sie wollten unsere Küken und würden keine weiteren Gefangenen machen.

Es war zwar selten, aber leider nicht ohne Beispiel.

Während Dörfer auf dem ganzen Planeten in Furcht vor ihnen lebten, versuchten die meisten Sklavenhändler nur, sich einzuschleichen und ein oder zwei Gefangene zu machen. Meist unbeaufsichtigte Küken oder einsame Eigenbrötler, welche sich zu weit vom Schutz der Gruppe entfernt hatten. Und es passierte nicht allzu oft.

Dass gut bewaffnete Truppen ein ganzes Dorf überfielen und wahllos töteten, war in der jüngeren Geschichte nur eine Handvoll Male vorgekommen.

Doch der Beweis dafür, dass genau dies hier grade geschah, war in den verzweifelten Schreien der Verwundeten zu hören und in den Toten zu sehen, deren Körper um mich herum abstürzten. Der Feind hatte uns eingekreist, und bis auf den einen, den ich erwischt hatte, waren die Angreifer gut im Laub versteckt. Es dauerte zu lange, sie zu erreichen, und meine Mitstreiter wurden bei dem Versuch scharenweise abgeschossen. Also wählte ich einen anderen Weg. Ich ließ mich fallen, als wäre ich getroffen, drehte mich in einer Spirale und bewegte meine Flügel um mich herum, um meine lebenswichtigen Organe zu schützen. Einige verirrte Strahlen flogen in meine Richtung und zwei von ihnen versengten meine Beine, jedoch weigerte ich mich, aufzuschreien.

Kaum dass ich die unmittelbare Kampfzone hinter mir ließ, sah ich die Netze. In den dunklen Maschen verfingen sich die Körper meiner Freunde. Ein feiger Angreifer in erhöhter Position erschoss jene, welche sich noch bewegten, mit distanzierter Präzision, während ein anderer ihn deckte. Sie wollten also auch unsere Federn, was?

Dreckiger Abschaum!

Ich griff nach einer Baumperle und brach sie nahezu lautlos aus der Rinde.

Der erste Haslaroid schaute in die andere Richtung, abgelenkt von FLÜSTERNDER WIND, einem wilden Krieger der zweiten Stufe, welcher mehrere tödliche Wunden aufwies und trotzdem noch versuchte, das Netz zu zerreißen. Ein weiterer Schuss löste sich aus der Waffe des Plünderers, gerade als die Baumperle meine Hand verließ und in seine Richtung flog.

Sie traf ihn mit einem lauten *Rumms* am Kopf und die erschlaffende Gestalt fiel von ihrem Hochsitz.

Mit einem überraschten Aufschrei drehte sich der zweite Feind um, gerade rechtzeitig, um den Speer meiner Lehrerin mit seinem Oberkörper zu empfangen. Aus seinem Mund drangen seltsame Laute. Wahrscheinlich verfluchte er mich.

Ich stieß ihn vom Vorsprung, wobei ich meine und seine Waffe festhielt.

Als ich das Objekt untersuchte, wurde mir schnell klar, dass ich es nicht benutzen konnte. Das, was der Abzugmechanismus zu sein schien, war halb in einem flachen Metallrohr verborgen, für welches meine Finger zu groß waren. Also warf ich das Ding ebenfalls in die Schatten.

FLÜSTERNDER WIND bewegte sich nicht mehr; niemand bewegte sich.

Ich sprang von der Kante und zirkelte den offenen Raum. Der Speer meiner Lehrerin war gut geschärft und machte kurzen Prozess mit den Aufhängepunkten der Netze. Besser, die Toten fielen in die Schatten, als dass sie von diesen dreckigen Fremden geschändet wurden!

„MUTTER! VATER!", die Schreie der Jungen klangen in der Brise.

Wütendes Geschrei und Angriffsrufe begleiteten sie, doch die Männer wurden schnell zum Schweigen gebracht, und nur die Stimmen der Küken blieben, panischer und noch lauter als zuvor.

Ich konnte die meinen heraushören, hörte, wie mein Gefährte nur wenige Flügelspannen entfernt fiel und wie mein Sohn verzweifelt um Hilfe rief.

Der Schrecken verlieh mir neue, scheinbar unerschöpfliche Kraft. Angetrieben von dem Bedürfnis zu schützen, schlug ich kräftig mit den Flügeln und umflog zwei dicke Stämme.

Ein Schiff klammerte sich an die Rinde des Baumes dahinter. Plünderer in Fluganzügen schleiften Netze mit den flaumigen Formen unserer Jungen hinein, während andere die letzte Handvoll Überlebender zurückschlugen.

Einer der Haslaroiden rief etwas, während er ausladend gestikulierte. Die seltsamen Laute, welche aus seinem Mund drangen, ergaben für mich keinen Sinn, und die winkenden Bewegungen seiner Arme schürten lediglich meine Wut.Dachte dieses Ding, wir würden ihm einfach kampflos unsere Jungen überlassen und verschwinden? Aus was für einer barbarischen Gesellschaft stammten diese Kreaturen, in der ein Leben so wenig wert war? In der das Junge eines anderen nur eine Beute darstellte, eingefangen und für den süßen Klang ihres Flehens verkauft?

Mit einem Schrei der Empörung stürzte ich mich auf den Fremden und ließ den Speer fliegen.

Sie hatten nicht mit mir gerechnet, nicht in meine Richtung geschaut, und die Waffe bohrte sich tief in den Rumpf des anstößigen Haslaroiden.

Das Wesen taumelte zurück, überrascht, aber lebendig.

Die Tatsache, dass es getroffen worden war, schien die anderen aufzuregen, denn sie zeterten, zeigten sofort auf mich und ein ganzer Lichtschwall zuckte in meine Richtung.

Dies verschaffte den verbliebenen Dorfbewohnern eine Lücke, und sie stürzten sich auf die Feinde.

Mehrere Schmerzpunkte flammten an meinem Körper auf, obwohl ich herumwirbelte und auswich.

Ich versuchte, zu den Küken zu gelangen. Doch die Distanz war zu groß, die elenden Kreaturen noch zu zahlreich. Schnell fielen meine Mitstreiter um mich herum wie Blätter.

Da wusste ich, dass ich sterben würde und dass mir nichts anderes blieb, als in den letzten Herzschlägen, welche mir dieses Leben gewährte, so viele von den Aaswürmern mitzunehmen, wie ich konnte.

Also stürzte ich mich mit voller Wucht auf sie, brach irgendwie durch, packte einen der Plünderer mit meinen Fußkrallen und riss ihn zu Boden. Er zappelte und schrie, bis meine Klauen ihm in ungezähmter Wut den Hals aufrissen und die Außenhaut seines Metallschiffs dunkelblau färbten. Einen von ihnen traf ich mit meinem dritten Flügel. Er taumelte, verlor den Halt und fiel.

Wieder richteten alle ihre Waffen auf mich. Eine andere Kreatur griff nach etwas an ihrem Gürtel, winkte mir damit zu und warf es.

Instinktiv wandte ich mich ab.

Schmerz explodierte in meinem Rücken, als ich von einer unsichtbaren Kraft vom Schiff gestoßen wurde. Durch einen plötzlichen Gewichtsverlust auf der rechten Seite meines Körpers war ich nicht mehr in der Lage zu navigieren. Ich konnte nichts mehr hören. Mein Kopf war völlig verwirrt und meine Augen schienen schlagartig nicht mehr richtig fokussieren zu können.

Ich schlug mit den Flügeln, doch das führte nur dazu, dass ich ins Trudeln geriet. Fassungslos beobachtete ich, wie meine fallende Gestalt die abgerissenen Überreste meiner rechten Flügel überholte, welche in einem viel gemächlicheren Tempo abwärts trieben.

Nein ...

Ich ...

NEIN!

Ein letzter Blick nach oben zeigte, dass alle meine Mitstreiter ermordet waren, und die Kreaturen in ihr Schiff flohen. Am Heck leuchteten die Antriebe auf.

Mein Junge ... mein wunderschöner Junge, mit seiner Stimme so klar wie Morgentau ...

All die anderen Kinder ...

Ich hatte versagt.

Ich würde sterben.

Niemand würde sie retten kommen.

Ich stieß mit dem Rücken gegen einen dicken Blätterballen, und der Schmerz riss mich aus meiner jämmerlichen Todesakzeptanz.

Nein! Auf keinen Fall würde ich aufgeben!

Mit Klauen und Händen griff ich nach den Blättern und zerriss sie bei meinem verzweifelten Versuch, Halt zu finden. Schließlich gelang es mir, mich an einem festzuklammern, doch mein Gewicht zog es unaufhaltsam abwärts. Meine blutverschmierten Hände würden sich nicht lange daran halten können.

In einem letzten verzweifelten Kraftakt schlug ich mit meinem linken oberen Flügel wiederholt gegen den Stängel, durchtrennte die dicken Fasern und hakte mich dann dort ein.

Wieder fiel ich, doch das Blatt füllte sich mit dem Aufwind und verlangsamte meinen Absturz.

Der Schmerz drohte mich zu zerreißen, und ich wurde mehrmals ohnmächtig, bevor ich den schattigen Boden sah, der mir viel zu schnell entgegenkam.

Scheiße, das würde ich nicht überleben.

Und selbst wenn, was dann?

Mein ganzes Dorf war verloren.

Die nächstgelegene Siedlung lag zwei Tage entfernt.

Selbst wenn jemand vorbeikäme, mein Volk flog nicht in die Schatten herab.

Es galt als das größte Pech, so tief zu fallen, in die Grube der mythologischen Raubtiere, die seit Generationen niemand mehr gesehen hatte.

Wer würde mich dort jemals finden?

KAPITEL DREI

DER WÄCHTER

D IE D UNKELHEIT WICH LANGSAM ZURÜCK UND MIT
ihr das Klingeln in meinen Ohren, das Hämmern in
meinem Schädel.

Und diese furchtbaren, furchtbaren Albträume.

Um mich herum war alles still. Die Geräusche, welche
den Wald zu jeder Tages- und Nachtzeit zu durchdringen
pflegten, waren durch ein leises, fast unhörbares Summen
ersetzt worden. Die üblen Gerüche von Fäulnis und Erde,
welche ich am Fuße der Bäume erwarten würde, waren
ebenso abwesend wie die frische, feuchte Luft in den
oberen Ästen. Stattdessen war die Luft trocken, kühl und
fühlte sich geradezu ... künstlich an.

„Ah, du bist wach", stellte eine mir unbekannte Stimme
fest. Sie war seltsam gefühllos und klar, fast neutral im
Tonfall, wenngleich perfekt in der Aussprache. Der scharf
umrissene Nachhall ließ mich vermuten, dass wir uns in
einem kleinen, geschlossenen Raum befanden.

Als ich die Augen öffnete, um einen Blick auf meine
Umgebung zu werfen, bestätigte sich meine Vermutung.
Metall- und Glasflächen schlossen mich von allen Seiten

ein. Alles wirkte geordnet und sauber, sehr seltsam und fremdartig auf mich.

Ich lag auf dem Bauch, auf einer Art Tisch oder Ähnlichem, und eine haslaroide Gestalt schob sich in mein Blickfeld. Mein erster Instinkt war Panik, mein zweiter Verwirrung, als die Kreatur erneut ihren Mund öffnete, um meine Sprache zu sprechen; etwas, das ihr aufgrund ihrer Anatomie unmöglich sein sollte. Dann fiel mir das metallisch glänzende Äußere auf, und ich verstand, was ich sah.

Bei der Mutter! Dies konnte nur ein Traum sein! Ich war gestorben, und diese merkwürdige Illusion sollte mir die Zeit zwischen dem einen und dem nächsten Leben verkürzen. Ja, das musste es sein!

Das Wesen bedachte mich mit erwartungsvoller Neugierde.

Erst jetzt bemerkte ich, dass meine Gedanken seine Worte übertönt hatten.

„Es tut mir leid", krächzte ich, „Was habt Ihr gesagt?"

„Ich sagte", zwitscherte es, „du bist schwer verwundet, wirst jedoch durchkommen. Wie fühlst du dich?"

„Durstig", war das erste, was mir in den Sinn kam, und ich konnte meinen Schnabel nicht davon abhalten, den Gedanken auszusprechen.

„Verständlich", stimmte mein mythischer Wohltäter zu, „Dein Volk trinkt Regenwasser, welches sich in den Blättern und Ritzen der Bäume sammelt, sowie Fruchtsäfte; ist das korrekt?"

Ich nickte langsam.

„Sehr gut. Ich werde dir etwas holen", entschied das Wesen, „Bitte bewege dich nicht, während ich fort bin, sonst könnte das deine Wunden verschlimmern oder sie sogar wieder aufreißen."

Ich nickte erneut, zu benommen, um etwas zu erwidern.

Er wandte sich um und schritt durch eine Tür, welche sich plötzlich in einer der sterilen Metallwände manifestierte. Die Oberfläche der Wand sah dem Äußeren des Wesens sehr ähnlich.

Noch bevor die Füßen der Kreatur den Waldboden berührten, schossen riesige Flügel aus ihrem Rücken und sie schnellte in die Höhe, raus aus meinem Blickfeld.

Die Tür schloss sich.

Ein Wächter.

Ich hatte einen der allwissenden Wanderer getroffen.

Er hatte mich gefunden und gerettet.

Was für ein unwahrscheinliches Wunder!

KAPITEL VIER

VERZWEIFELTE WUT

„Es tut mir leid, *Erste Frau, die im freien Himmel fliegt*", der Wächter schüttelte den Kopf, noch während er durch die Tür zwischen Cockpit und dem primären Lager- und Wohnbereich trat, in welchem er mich auf einer bequemen Matratze auf dem Boden ausgelegt hatte, „Ich habe die Datenbanken der Großen Neutralität konsultiert und alle Raumstationen und Schiffe im Umkreis von zehn Lichtjahren um Erlaubnis gebeten, ihre Sensordaten durchzusehen. 352 Stationen und 5.491 Schiffe haben meiner Anfrage zugestimmt. Trotzdem konnte ich keine Spur des von dir beschriebenen Schiffes finden. Keiner von ihnen hat eine Aufzeichnung über dessen Sichtung."

„Nein! Das ist unmöglich!", aufgeregte Bewegungen zuckten durch meine Flügel. Ich wollte aufspringen und herumlaufen, doch der Wächter hatte dies als „kontraproduktiv für den Heilungsprozess" bezeichnet und es mir untersagt, „Irgendjemand muss sie doch gesehen haben!"

„Dem stimme ich zu", die Metallgestalt kniete sich neben mich. Er hatte sich mir als Allarand vorgestellt und als ich ihm meinen Namen nannte, bekam der Ausdruck auf seinem Gesicht einen seltsamen Beigeschmack. Wie auch alles andere hier. Wie auch alles andere an ihm. „Nichtsdestotrotz kann ich sie nicht finden. Ich habe auch alle mir zur Verfügung stehenden Datenbanken nach zum Verkauf stehenden karrkuishianischen Küken durchsucht, doch bisher gab es keine zutreffenden Anzeigen.“

„Nun, es ist erst zwei Tage her ...“, ich verschränkte nervös die Krallen, „Und Ihr sagtet, dass sie sich wahrscheinlich erst vergewissern wollen, dass die Küken gesund sind, ... um ihren Wert zu beurteilen, richtig?“

Allarand schüttelte den Kopf und seinen Bewegungen nach zu schließen hob er sanft den Verband an, um meine Wunde zu untersuchen. Zumindest kam es mir so vor ... seine haslaroide Form war so anders als alles, was ich kannte ... als alles, womit ich mich wohlfühlte ...

Seine Stimme klang kühl und distanziert, als er meinen Rücken abtastete, „*Erste Frau, die im freien Himmel fliegt*, ich werde weitersuchen, doch ich fürchte, es ist sinnlos. Aus den wenigen Informationen, die ich sammeln konnte, schließe ich, dass es sich um ein privates Unterfangen handelte. Es ist sehr wahrscheinlich, dass die Jungen für einen bestimmten Zweck entführt wurden.“

„Wie etwa den Zoo irgendeines reichen Arschlochs, oder was meint Ihr?“, schnauzte ich und bereute es sofort.

Man schnauzt einen Wächter nicht an. Außerdem hatte er mir das Leben gerettet. Nach den alten Riten schuldete ich ihm sehr viel dafür.

ABER, BEI DER MUTTER, WAR ICH WÜTEND!

War das ein grausamer Scherz von Schwester Schicksal?

Allen Widrigkeiten zum Trotz hatte ich nicht nur den Angriff, die Granate und den Sturz überlebt, sondern war auch noch von einem VERDAMMTEN WÄCHTER gefunden worden! Jemandem, der mehr Einfluss hatte als die Gouverneure und Adelshäuser der meisten Planeten! Ich hatte die seltene Ehre und Gelegenheit, eine Frage zu stellen, und er konnte die Antwort nicht finden? Wie war das überhaupt möglich?

Die metallene Gestalt lehnte sich zurück, um mir in die Augen zu sehen, und legte minimal den Kopf schief.

Ein Schauer lief mir über den Rücken, als ich mir meines Fehltritts vollständig bewusst wurde. Angst und Panik breiteten sich in mir aus, angesichts meiner entsetzlichen Respektlosigkeit gegenüber allem, was er war und wofür er stand. Tief verwurzelte Instinkte setzten sich in mir durch; Wissen und Verhaltensweisen, welche jedem Küken durch Geschichten und Mythen beigebracht wurden, lange bevor es sich zum ersten Mal in die Lüfte erhob.

„Es tut mir so leid, Allwissender, ich wollte nicht ...", ich bemühte mich, aufzustehen, um mich vor ihm zu verbeugen – eine Geste, die schwer zu bewerkstelligen war, wenn man flach auf dem Bauch lag, „Bitte! Ich hatte nicht vor, Euch zu kränken! Ich–"

„Ich verstehe schon", er legte eine Hand auf meine unverletzte Schulter und drückte mich wieder nach unten.

In dieser einfachen Geste steckte die Kraft eines Dutzend Männer, wohldosiert durch exakte Berechnung und eine Ewigkeit der Übung.

„Es ist zweifellos sehr schwer für dich", räumte er ein, „Ich verstehe und es tut mir leid, dass du in diese Lage geraten bist."

Aus irgendeinem Grund ließ mich diese einfache, beinahe neutrale Äußerung erschaudern. Unaufgefordert stiegen mir Tränen in die Augen und mein Gefieder begann unkontrolliert zu zittern.

„Ich bitte Euch, ehrenwerter Wächter!", drängte ich, „Es muss doch noch etwas geben, was Ihr tun könnt! Irgendeinen Weg, sie zu finden! Sie sind alles, was von meinem Dorf übrig ist! Sie sind hilflose Küken, die aus weiß-die-Mutter welch bösartigem Grund aus ihrem Zuhause gerissen wurden! Wenn Ihr sie nicht finden könnt, wer dann? Bitte! Ich flehe Euch an!"

Mit einem Seufzer schüttelte der Wächter den Kopf, „Du hast mir eine Frage gestellt, und ich muss sie beantworten, wenn ich kann. Ich werde so lange weitersuchen, wie du brauchst, um zu heilen. Nicht länger."

„Ich danke Euch, ehrenwerter Wächter!", ich machte das Zeichen des Respekts und des Dankes, „Vater sei gepriesen!"

Erst als er gegangen war und die Medizin, welche er mir verabreicht hatte, mich in einen Schlaf voller unzusammenhängender, aus der Erinnerung geborener Albträume fallen ließ, erkannte ich meine Torheit. Selbst wenn ich wüsste, wo sie waren ... wie sollte ich die Kleinen jemals zurückholen?

Ich, eine gebrochene Kriegerin mit nur zwei Flügeln, blutig und verzweifelt, ohne Ressourcen oder Transportmittel?

Ich, ganz allein im Universum.

KAPITEL FÜNF

FLÜGEL

„Ich würde dir empfehlen, sie entfernen zu lassen", bemerkte der Allwissende, „Wenn du möchtest, kann ich die Operation für dich durchführen."

Durch den Schleier der Schmerzmittel konnte ich das Stochern seiner Finger kaum spüren. Vielleicht lag es aber auch an der mich eifersüchtig einschnürenden Trauer. Ein halber Monat war vergangen, und dies alles erschien mir wie ein seltsamer Traum. Ein Traum, der enden würde, sobald ich dieses Shuttle verließe, sobald ich diese seltsame Welt verließe, deren Torwächter Allarand war.

Wie der Hüter der Wurzeln, das nebulöse mythische Wesen, welches über das Tor zur Unterwelt wacht. Vielleicht würde jener der nächste Begleiter auf meiner Reise sein. Vielleicht würde ich ihn treffen, sobald ich diesem Ort den Rücken kehrte.

Wahrscheinlich hätte ich das verdient.

Immerhin hatte ich meine Wunden mehr als einmal verschlimmert, um den Heilungsprozess zu verlängern. Ich hatte es in kleinen Inkrementen und vorsichtig getan, in der Hoffnung, mein Heiler würde es nicht bemerken.

Allarand erzählte mir später, dass er es sehr wohl gemerkt hatte; allerdings hielt er es damals für eine verständliche Reaktion auf sein Ultimatum, weshalb er sich die Schuld daran gab, mir den falschen Anreiz geboten zu haben. Doch es war nicht seine Schuld. Mein Verhalten war verachtenswert, unehrenhaft und in höchstem Maße respektlos. Das erkannte ich selbst mit meinen durch den dauerhaften Medikamenteneinfluss, die Erinnerungen und die Schuldgefühle einer Überlebenden begrenzten intellektuellen Möglichkeiten.

Ich blinzelte, verwirrt durch seine Worte, „Entfernen? Wen entfernen?"

Hatte er genug davon, dass ich seine Zeit in Anspruch nahm? Wollte er mich nun endlich vor die Tür setzen?

„Deine verbleibenden Flügel", erklärte er, „Dein Körper ist jetzt stark genug, um die Belastung einer Operation zu ertragen. Die Wahrscheinlichkeit, dass du stirbst, liegt unter 0,02 %, wenn ich sie durchführe."

„WAS? Ihr wollt mir die Flügel abschneiden? Die beiden, die ich noch habe?", ich konnte nicht glauben, dass Allarand soetwas überhaupt in Erwägung zog, „Ich habe schon die Hälfte von ihnen verloren! NEIN! AUF GAR KEINEN FALL!"

Ich war mir nicht sicher, warum ich mich ans Leben klammerte, warum ich mich an meinen kaputten Körper klammerte. Warum ich das Unvermeidliche hinauszögerte. Was war der Zweck von all dem? Allarand hatte die Küken immer noch nicht gefunden und er erstattete mir auch nicht mehr täglich Bericht. Man musste kein Genie sein, um zu verstehen, was das bedeutete. Sie waren verschwunden. Ich würde sie niemals wiederfinden. Wenn ein Wächter das nicht konnte, welche Chance hatte ich dann schon?

Nein, das hier war das Ende des Asts. Ich war die Letzte meines Dorfes.

Und kein anderes Dorf würde mich mit fehlenden Flügeln aufnehmen, egal ob zwei oder vier … Unfähig, für mich selbst zu sorgen, unfähig zu kämpfen und zu jagen, was alles war, für das ich je ein Talent gehabt hatte. So war ich nutzlos. Keine Gemeinde wollte ein fremdes, nutzloses Maul füttern.

Meine Situation erinnerte mich an einen Bettler, den ich in der großen Siedlung gesehen hatte. Mein Vater erklärte mir damals, er sei ein Veteran aus dem Krieg einer anderen Spezies. Ihm fehlte die Hälfte seines oberen rechten Flügels. Das war zwar eine Beeinträchtigung, aber er hätte trotzdem fliegen können. Dennoch war er verstoßen und darauf reduziert worden, auf den untersten Ebenen dieses elenden Ortes um das Nötigste zu betteln, um ein Leben zu erhalten, das nach den alten Werten als unwürdig galt.

Nur die Hälfte eines Flügels.

Und ich?

Bei der Mutter! Wie erbärmlich war ich nur, dass ich ausgerechnet einem Wächter zumutete, sich mit meiner Heilung zu beschäftigen und ihn an diese Schattenwelt fesselte!

In Momenten wie diesen fragte ich mich, warum er sich überhaupt die Mühe machte. Er behandelte mich, als hätte er alle Zeit der Welt, als wäre es völlig egal, ob er einen Monat, ein Jahr oder ein Jahrzehnt in diesem hässlichen, dunklen Unterbauch des Waldes verblieb.

Sollte er nicht umherwandern? Hatte er nicht das Bedürfnis danach? Ein wachsendes Jucken, so wie ich nach dem Fliegen und nach offenen Räumen? Sollte er nicht all diesen Leuten die Möglichkeit geben, Fragen zu stellen?

Warum schien die eine Person, die all die Antworten hatte, so ziellos zu sein, wie ich mich fühlte?

„Erste Frau, die im freien Himmel fliegt", seufzte er und setzte sich neben mich, „Ich verstehe, dass deine Art stolz auf ihre Fähigkeit zu fliegen ist. Und das zu Recht. Es ist ein seltenes Geschenk der Natur, und eure ganze Gesellschaft und Lebensweise liegt darin begründet. Wenn du nicht fliegen kannst, wird es dir nicht nur schwer fallen, dich fortzubewegen, sondern dich auch weitestgehend aus dem täglichen Leben deiner Gesellschaft ausschließen."

Ich schluckte und nickte.

Gesellschaft. Andere wie ich. Wie sollte ich jemals anderen meiner Art gegenübertreten, als letzte Überlebende, so kaputt? Eine Träne schoss mir unaufgefordert in die Augen. Ich wusste schon, was er als Nächstes sagen würde. Das fehlende Gewicht auf der rechten Seite meines Rückens machte es nur allzu deutlich.

Schmerz flammte dort auf. Erinnerter Schmerz. Der panische Schrecken des Fallens, seltsam dumpf und vom gegenwärtigen Moment abgeschnitten.

„Bedenke jedoch folgendes:", fuhr er fort, „Wenn du dir keinen neuen Satz rechter Flügel leisten kannst und niemanden findest, der sie dir einsetzt, wirst du sowieso nicht wieder fliegen. Wenn du deine linken Flügel mit dir herumträgst, bringt dich das aus dem Gleichgewicht. Sie werden verkümmern, deinen Fortschritt behindern und mit der Zeit wird die Anpassung an ihr Gewicht deine Haltung verzerren, deinem Körper Schmerzen bereiten und deinen Körperbau schädigen. Sie ebenfalls zu entfernen ist die beste Option für dein Überleben."

Während mein Verstand damit kämpfte, sich über die Betäubung durch das körperliche und emotionale Trauma zu erheben und sich auf dem Schlachtfeld meiner Seele zu behaupten, dachte ich über die Wahrheit in seinen Worten nach. Alles, was er sagte, musste zwangsläufig wahr sein. Wächter konnten nicht lügen; das wusste jeder.

Trotzdem fiel es mir schwer, seine Wahrheit zu akzeptieren, zu akzeptieren, was das Beste für mich war.

Warum sollte ich auch?

„Und wen würde es interessieren?", krächzte ich, „Wer sollte es je erfahren? Wie Ihr schon sagt, ich habe hier keinen Platz mehr. Alles, was ich tun kann, ist, an den Wurzeln zu sitzen und darauf zu warten, dass der Hüter den Boden für mich öffnet. Ich brauche nicht zu fliegen, um in die Tiefe zu gehen. Ich schaffe den kurzen Weg auch ohne das richtige Gleichgewicht. Wenn Ihr einfach die Shuttletür öffnet, dann kann ich ..."

Allarand starrte mich an, sein Gesicht emotionslos und still. Was auch immer ich sagen wollte, es versickerte im Nichts.

Nach einigen Herzschlägen fragte er: „Dieser Hüter, er klingt nach einer interessanten Person. Bitte, erzähl mir von ihm."

Das tat er ständig, befragte mich nach Mythen und Geschichten meines Volkes oder nach dem Dorf und meiner Familie. Er wusste, dass ich ihn niemals abweisen würde. Er wusste, dass man mir beigebracht hatte, seiner Art mit dem größten Respekt und kompromissloser Höflichkeit zu begegnen und die Bitte eines Wächters ohne Zweifel oder Zögern sofort zu erfüllen.

Und das berücksichtigte noch nicht einmal die enormen Schulden, welche mein Ehrgefühl mir auferlegte, während mein Verstand noch immer nicht wusste, wie ich auch nur anfangen könnte, sie zurückzuzahlen.

Wenn ich ganz ehrlich mit mir selbst war, begrüßte ich den Themenwechsel. Mein feiges Herz war immer noch zu sehr in die Idee des Lebens verliebt, um dem Prahlen meiner Stimme auf den vernünftigen und ehrenwerten Weg zu folgen.

An diesem fremden Ort schien der Verlust meiner Welt und meiner selbst zuweilen so weit weg, während er jeden noch so kleinen Winkel ausfüllte, kaum dass ich meine Augen schloss.

Wir sprachen zwei Tage lang nicht mehr darüber.

Dann zwang mich Allarand, aufzustehen und zu gehen, und ich spürte es. Es war furchtbar.

„Lass uns draußen einen Spaziergang machen", befahl er und hielt mir einen seiner Metallarme hin, damit ich mich daran festhalten konnte.

Ich war so sehr auf die ungewohnten, anstrengenden Bewegungen konzentriert, dass ich kaum merkte, wohin wir gingen. Erst als er stehen blieb, schaute ich auf.

Um mich herum erstreckten sich mehrere Reihen kleiner Erdhügel, welche mit Steinen, Blättern und geflochtenen Wurzeln bedeckt waren. Waffen, Amulette und andere persönliche Gegenstände waren sorgfältig in den Grabschmuck eingefügt.

Ich schluckte. Etwas Hartes, Unnachgiebiges schnürte mir, angesichts der überwältigenden Menge an Sorgfalt und Respekt, welche sich vor meinen Augen ausbreitete, die Kehle zu.

„Ihr habt sie bestattet", eine Träne lief mir über die Wange, „Ihr habt sie alle bestattet."

„Es gab sonst niemanden", erklärte Allarand, „Du warst nicht in der Lage, es zu tun. Und nach den Traditionen deines Volkes wäre es respektlos gewesen, sie den Tieren zu überlassen, nicht wahr?"

„Ja", ich nickte verblüfft. Sie alle zu bestattet, all diese Beigaben vorzubereiten ..., „Das muss Tage gedauert haben!"

„11 eurer Tage, 42 Stunden und 5,38 Minuten", bestätigte er.

„Aber ... habt Ihr denn nichts Besseres zu tun?", ich schüttelte den Kopf, „Ich meine, ich bin Euch dankbar! Vielen Dank, dass Ihr das alles getan habt! Ich hätte nie ... aber ... Allarand, warum seid Ihr noch hier? Warum kümmert Ihr euch um mich und die Meinen?"

Die metallene Gestalt lächelte mich an.

Er lächelte!

Dann sagte er: „Weißt du, an wen sich ein Wächter wendet, wenn er eine Frage hat?"

Ich blinzelte. Jedes Küken wusste das, „Sie fragen die, von denen sie gefragt wurden."

„Nein", er schüttelte seinen kahlen Kopf, „Ich meine eine Frage, die ein Sterblicher nicht beantworten kann."

„Sie ... könnten vielleicht einen anderen Wächter fragen? Oder die Große Neutralität als Ganzes?"

„Nun ...", er wandte sich nach links und begann weiterzuschlendern, wobei er mich sanft mit sich zog, „Es gibt Fragen, welche selbst die Große Neutralität nicht beantworten kann. Denn, wenn wir alle Fragen beantworten könnten, warum sollten wir uns dann überhaupt die Mühe machen, welche zu stellen?"

Ich nickte und wurde mir meines wackeligen Gangs erneut unangenehm bewusst.

„Ich hatte eine solche Frage und stellte sie", er gestikulierte vage, „an das Universum, an die Realität als Ganzes. Der Zufall hat mich hierher gebracht, machte mich auf deine Notlage aufmerksam. Jetzt muss ich entscheiden, ob du die Antwort bist, der Weg dorthin, oder ob unsere Begegnung vielleicht gar nichts damit zu tun hat. Ungeachtet dessen, was ich nicht weiß, ungeachtet dessen, was ich gerne noch näher untersuchen würde, spüre ich auch das Verlangen in mir, weiterzuziehen."

Als er erneut anhielt, kamen wir vor einem offenen Grab zum Stehen. Darin lag ein flaches, großes Bündel, fein säuberlich verpackt und mit Blumen, Federn und geflochtenen Zweigen verziert. Mit meinen Federn ... Das waren meine Flügel. Dies war mein Grab.

„Ich konnte deine Küken nicht finden", gestand der Allwissende, „also bin ich dir noch eine Antwort schuldig. Du hast weitere drei Tage, um dir eine andere Frage zu überlegen. Denn ich bin neugierig, wie sie aussehen könnte und was sie in Gang zu setzen vermag. Doch mehr Zeit kann ich dir nicht geben. Außerdem werde ich dieses letzte Grab schließen, sobald die Nacht die Blätter verdunkelt. Wenn du also noch etwas darin wissen willst, hast du 26 Stunden und 3,1 Minuten Zeit, es hineinzulegen."

Ich schluckte schwer.

Als ich dort vor meinem eigenen Grab stand, wurde mir schmerzlich bewusst, wie der Wind in meinen Federn flüsterte, wie das Licht um mich herum tanzte und der Geruch der Luft, das Lied des Lebens, sich in meinem Geist und meinem Herzen entfaltete.

Mutter, ich wollte nicht sterben!

Vielleicht wäre es das Vernünftigste und Ehrenhafteste, mich in dieses Loch zu legen. Aber das war nicht mein Ding. Das wollte ich nicht!

Und meine Flügel ... An diesem Teil meines Körpers festzuhalten würde ihm in Zukunft nur schaden, würde mir schaden ... Der Allwissende war jetzt hier und bot mir medizinische Hilfe von einer Qualität an, die ich mir niemals leisten könnte – selbst wenn ich jemanden fände, der sie verkauft. Und ich wusste nicht einmal, wo ich anfangen sollte nach so jemandem zu suchen ... sicher nicht hier, nicht im nächsten Dorf – falls es das noch gab – vielleicht nirgendwo auf diesem Planeten.

Und Allarand bot sie umsonst an.

Aber ... wo würde ich ohne Flügel hingehen? Wo *könnte* ich hingehen?

KAPITEL SECHS

FRAGEN UND ENTSCHEIDUNGEN

Es dauerte zwei Tage, bis sich mein Körper von der Narkose erholt hatte und mein Geist wieder einigermaßen klar und zusammenhängend funktionierte.

Als Allarand mir schließlich auf die Beine und nach draußen half, erkannte mein Verstand die Richtigkeit meiner Entscheidung an der fehlenden Schieflage meines Gangs und mein Herz die Falschheit an dem fehlenden Gewicht auf meinem Rücken. Gehen schien jetzt sogar noch seltsamer ... mein komplettes Gleichgewicht war gestört und ich stolperte dauernd. Ich versuchte dann, mit den zwei Paar Gliedmaßen gegenzusteuern, deren Fehlen mein Körper noch nicht verinnerlicht hatte, was alles nur noch verschlimmerte. Hätte mein Wohltäter nicht mehrmals beherzt zugegriffen, hätte mein Gesicht ein paar schöne Dellen im Waldboden hinterlassen.

Große Mutter, ich stolperte herum wie ein frisch geschlüpftes Küken ... Und ich war mir ziemlich sicher, dass ich dabei nicht halb so niedlich aussah.

Allarand war taktvoll genug, keinen Kommentar abzugeben oder irgendwelche Anzeichen von Mitleid oder

Belustigung zu zeigen, während er mich zurück zum Friedhain führte.

„Ich wollte warten, bis du dich erholt hast, bevor ich das Grab schließe", informierte er mich.

Ich blieb wie angewurzelt stehen, und er erstarrte ebenfalls in seinen Bewegungen, um mich nicht umzureißen.

„Aber Ihr sagtet doch, dass Ihr es nachts schließen würdet", ich war mir sicher, dass ich mich richtig erinnerte, „Wenn Ihr das also nicht getan habt, dann macht das Eure vorherige Aussage zu einer Lüge!"

„Ja, das habe ich. Und nein, das tut es nicht", seine orangefarbenen Augen leuchteten ein wenig heller, „Als ich das sagte, war ich überzeugt davon, dass es so passieren würde. Doch nachdem du dich für die Operation entschieden hast, hat mich das mehrere Stunden beschäftigt. Im Anschluss daran hielt ich es für klüger, dich zu überwachen, bis du aufgewacht warst, um den reibungslosen Verlauf sicherzustellen. Danach war die Nacht längst angebrochen, was meine vorherige Ankündigung hinfällig werden ließ."

„Ihr dachtet also, ich würde die Operation nicht annehmen?", mir lief ein Schauer über den Rücken.

„Im Gegenteil, ich hatte mir sogar sehr gute Chancen dafür ausgerechnet", das kleinste Lächeln schlich über seine Lippen. So klein, dass ich mir nicht sicher war, ob es real oder nur ein Hirngespinst war.

„Wollt Ihr damit sagen, dass Ihr euch selbst ausgetrickst habt?"

„Diese Information liegt außerhalb des Bereiches einer normalen Unterhaltung", informierte er mich, „Ist dies die neue Frage, die du beantwortet haben möchtest?"

„Nein", ich schüttelte den Kopf, „Aber ich habe darüber nachgedacht. Ich habe eine neue Frage. Vielleicht kann ich sie stellen, nachdem ... Ihr wisst schon."

Er nickte, „Das scheint ein guter Zeitpunkt dafür."

Wir erreichten die Stelle, welche er zur letzten Ruhestätte meines Dorfes umgestaltet hatte, und bahnten uns unseren Weg zu meinem Grab.

Ein zweites Bündel lag nun auf dem ersten, fest verpackt und mit handgefertigten Geschenken versehen, welche den Weg zu den Wurzeln erleichtern sollten.

Meine Flügel hatten keine Seele. Sie waren auf all dies nicht angewiesen.

Zu diesem Zeitpunkt verstand ich Allarands Intention und Weitsicht nicht. Zu diesem Zeitpunkt hielt ich es einfach für eine nette Geste.

Doch schon damals hatte Allarand mich gekannt. Denn er hatte Millionen von Individuen wie mich gekannt, und wir sind alle nicht so einzigartig, wie wir es gerne glauben.

Der unsterbliche Wanderer hatte berechnet, was ich höchstwahrscheinlich fragen und was meine Worte ihm zu tun erlauben würden, lange bevor mein Verstand die Frage formulierte.

„Allarand, was muss ich tun, damit Ihr mich mitnehmt, mir die Wunder des Universums zeigt, und mir das größte Geheimnis verratet, das Ihr kennt?", mein Blick war immer noch auf die pockennarbige Erde vor mir gerichtet.

Er hatte einen so schönen, friedlichen Ort eingerichtet, doch die Implikationen waren zum Verzweifeln.

Der Fakt, dass mit der Weihung dieses Bodens seine Aufgabe hier erledigt war, dass er mich mit nichts außer den Geistern der Toten und zwei Füßen zum Gehen zurücklassen würde, ließ mich innerlich frösteln.

„Das ist viel verlangt", er blickte ebenfalls nach vorne,

„Doch wenn du mir dein Leben schwörst, würde ich dich gerne aufnehmen", er wandte sich mir zu, „Ich genieße deine Gesellschaft, Singvogel."

„‚Singvogel'?", ich spiegelte seine Bewegung und legte den Kopf schief.

Allarand lächelte beinahe, „Dein Name wird in der Übersetzung sehr lang, ERSTE FRAU, DIE IM FREIEN HIMMEL FLIEGT, und wenn wir an andere Orte gehen, brauche ich etwas, um dich zu rufen. Da ist vielleicht nicht immer Zeit für das angemessene Dekorum."

„Verstehe", ich holte tief Luft, „Ich wäre also Eure Dienerin?"

Nicht, dass ich damit ein Problem gehabt hätte.

Es wäre eine ehrenvolle Art, meine Lebensschuld zu begleichen, ganz zu schweigen von den anderen Vorteilen, die es mir einbringen würde. Die Verlockung seines unermesslich großen Wissens und der Fähigkeit, solche Dinge zu verstehen und einordnen zu können, um deren Existenz ich zu jener Zeit noch nicht einmal wusste, war selbst für jemanden in meinem verwirrten Geisteszustand immens.

Doch in erster Linie wollte ich nicht zurückbleiben.

Selbst wenn er mir klipp und klar gesagt hätte, dass er mich am Ende umbringen würde, hätte ich mich wahrscheinlich auf seine Bedingungen eingelassen. Vielleicht hatte ich schon immer mehr mit meiner mythischen Namensvetterin gemein gehabt, als mir bewusst war ...

Und obwohl ich nicht den Drang verspürte, zu den Sternen aufzubrechen, war die Hoffnung, dass die Schwerelosigkeit mich vergessen lassen würde, dass ich eigentlich nicht mehr fliegen konnte, dass sie dieses schmerzhafte Jucken in meinem Inneren betäuben könnte, ein nicht zu verachtener Anreiz in sich selbst.

Oh, was war ich damals für ein naives Vöglein gewesen.

„Eher eine Reisegefährtin", Allarand gestikulierte vage, „Ich brauche niemanden, der niedere Arbeiten für mich erledigt. Aber ich werde das letzte Wort haben. Auch bei einigen deiner Entscheidungen. Ich bin verpflichtet, das Wissen zu schützen, welches du suchst. Wenn du es einmal erworben hast, kann ich dir nicht erlauben, wieder zu gehen. Sobald du es erfährst, werde ich die Frage stellen, welche mit deiner die Waage halten wird."

„Ich verstehe."

Nein, das tat ich wirklich nicht.

Ich wusste schon damals, dass ich meine Optionen länger hätte abwägen und mir verschiedene Wege für mein zukünftiges Leben hätte überlegen sollen.

Doch die Verzweiflung macht uns alle zu gefügigen Narren.

Ich schluckte nur und nickte.

„Du kommst also mit mir", wagte er eine kalkulierte Vermutung.

„Ja", ich nickte erneut.

Ungeachtet des inneren und äußeren Drucks verbeugte ich mich aus freiem Willen und kniete dann vor ihm nieder. Einen Moment lang musste ich mich mit beiden Händen am Boden abstützen, sonst wäre ich umgekippt. Doch kaum hatte ich mein Gleichgewicht wiedergefunden, verschränkte ich die Arme vor der Brust, berührte mit den ausgestreckten Fingern die gegenüberliegenden Schultern und verkündete: „Meister."

KAPITEL SIEBEN

EINE FURCHTBARE IDEE

Neutraler Raum, ca. 8 menschliche Standard-jahre zuvor

„Ich bitte Euch, Meister Allarand!", ich schüttelte verzweifelt den Kopf, „Ich verstehe nicht, warum Ihr es überhaupt in Erwägung zieht, dorthin zu gehen."

Der Allwissende sah mich an. Ich könnte schwöre, er schnitt eine Grimasse. Obwohl, wie er mir immer wieder zu erklären pflegte, seine Leute zwar das Prinzip verstanden, doch sie schnitten keine Grimassen. Punkt.

Dennoch, über eine Standardrotation war genug Zeit, um mich an die offensichtlichen und die subtilen Ausdrücke zu gewöhnen, welche mir anfangs so fremd gewesen waren.

Er hatte mich inzwischen auch mit vielen anderen Rassen bekannt gemacht, welche sich alle in Anatomie, Ansichten und Ausdruck radikal von meiner Art unterschieden, so wie er selbst.

„Ich folge dem nicht ganz", seine orangefarbenen Augen blinzelten.

„Eure Spezies ist die kenntnisreichste und weiseste im bekannten Universum. Wie könnt ihr nur in Erwägung ziehen, zu diesem ... magischen Ritualdingsbums zu gehen? Und dann auch noch auf einen Haslarplaneten! Mitten im mutterverlassenen zentralen Haslarraum!", ich warf die Arme hoch.

Da war ein Grinsen, ich war mir so verdammt sicher. Keine Grimassen, meine Schwanzfedern!

Abgesehen von diesem marginalem Grinsen bewegte der Roboter nicht einen Naniten.

Als ein Wanderer war er so konstruiert, dass man ihn sofort erkannte, sein Körper eine Quersumme der meisten haslaroiden Lebensformen und vollständig mit einem silbrigen Metallglanz überzogen, seine Augen orangefarbene Lichtringe auf schwarzem Grund, sein Kopf kahl. Inzwischen wusste ich, dass das alles nur Show war. So wie die Gesamtheit der Großen Neutralität aus Einheiten bestand, bestand auch er aus mehr submikroskopischen Teilen als eine Rindenbohrerkolonie Einwohner aufwies.

„Und was ist mit dem neuen Körper?", argumentierte ich.

„Welcher neue Körper?"

„Der, an dem Ihr im Frachtraum herumbastelt", ich machte eine vage Bewegung zur Rückseite des Cockpits, „Ich nehme an, dass Ihr damit so gut wie fertig seid, da nur noch das Gesicht fehlt. Müsst Ihr nicht besonders vorsichtig sein, wenn es um den Schutz eurer hochentwickelten Technologie geht?"

Er nickte, „Da hast du natürlich recht. Und sie ist sehr gut geschützt, unabhängig von meiner Anwesenheit."

Okay, dann halt betteln ...

„Meister Allaraaaaaand", ich machte dieses zwitschernde Geräusch in meiner Kehle, das er so ‚ausgesprochen interessant' fand, „Ich flehe Euch an! Müssen wir wirklich dorthin fliegen? Die Haslar sind Sklavenhändler im großen Stil und sie machen mir Angst."

„Du befürchtest, sie würden die Neutralität meiner Spezies verletzen?"

Ich ließ mich in meinen Sitz zurückfallen. Ich wusste, wohin das Gespräch – und damit wir – gehen würde, „Nein, niemand würde sich jemals mit Eurem Volk anlegen; jedes Kind weiß es besser."

„Dann bist du also besorgt, dass ich dich nicht ausreichend beschützen werde?"

Ich hatte seine Fähigkeiten persönlich miterlebt. Nein, das war nicht der Punkt.

Meine Schultern zogen sich zusammen, als die leeren Gelenkpfannen in meinem Rücken unter dem Echo des Schmerzes zusammenzuckten, den ich nie ganz vergessen konnte. Auf der nackten Haut darüber wollten keine neuen Federn wachsen. Nachdem er die plötzlich sehr reale Gefahr eines Sonnenbrands erkannt hatte und wie nackt und verletzlich ich mich durch den leeren Fleck fühlte, hatte Allarand mir drei wunderschöne Westen auf meine ungewöhnlichen Proportionen maßgeschneidert. Er hatte eigens dafür einen reich gemusterten, samtigen Stoff erworben, welchen ich auf einem Basar auf einem der zahllosen Planeten, welche wir besuchten, bewundert hatte.

Eben jetzt trug ich eine von ihnen. Das Konzept, täglich Kleidung zu tragen, war mir zuvor fremd gewesen. Zu Hause hatten wir einige zeremonielle Gewänder, welche aber nur zu besonderen Anlässen angelegt wurden. Denn wenn man seine Federn durch eine äußere Schicht flach an den Körper presst, kann man sie nicht optimal nutzen, vor allem nicht im Flug. Deshalb trugen wir normalerweise nur die Ringe. Ich betastete nervös die drei dunklen Zirkel um meinen Oberarm.

Außerdem waren wir nicht Opfer der Elemente wie viele der anderen Spezies, denen ich immer wieder begegnete.

Nun ... inzwischen war ich es schon, also verstand ich jetzt die Notwendigkeit von Kleidung und gewöhnte mich sogar schon daran. So wie ich mich an so viele Dinge gewöhnte, welche ich in der Vergangenheit als verwunderlich oder lächerlich empfunden hätte.

Nachdem ich unzählige Rotationen dafür gekämpft hatte, eine freie Kriegerin der dritten Stufe zu werden, kämpfte ich nun immer noch damit, mich an meinen neuen Status als Dienerin zu gewöhnen. Allarand machte es mir nicht gerade leichter, wenn er mich frei agieren und die meiste Zeit über meine eigene Person sein ließ, ja, mich sogar ermutigte, meine Meinung zu äußern, nur um dann unnachgiebig durchzugreifen, wenn einer dieser seltenen Fälle eintrat, in denen er es für angebracht hielt, die Wahl für mich zu treffen.

„Ich weiß, es ist Eure Entscheidung. Ihr seid der Meister, ich bin die Dienerin", meine Finger beschäftigten sich mit einem Zierknopf in ähnlicher Farbe und Design wie die Ringe an meinem Oberarm.

Eine subtile Veränderung in seiner Haltung vermittelte eine seltsame Art von Wärme, als er meine Hände mit den seinen umfasste.

Mein Blick glitt zu Boden, „Ich ... ich will nur nicht dorthin."

Er wusste, warum, verdammt noch mal!

Aber wer war ich schon, dass ich es wagte, sein Urteil in Frage zu stellen?

„Und was ist, wenn es bei all dem etwas Interessantes zu lernen gibt?", Allarands Augen bewegten sich auf eine Weise, die ich als Kursbestimmung erkannte. Sie verdunkelten sich für den Bruchteil einer Sekunde, und ich spürte eine seltsame Distanz in den leuchtend orangefarbenen Ringen, als er sich mit dem Computer des Shuttles verband.

„Was muss ich schon über die Haslar wissen? Sie sind böse, egoistische Mörder, die ganze Planeten versklaven!"

… die Sklavenhändler aussandten, um Welten und Wesen zu plündern, auf die sie keinen offiziellen Anspruch erheben konnten …

Wie jene, die mein Dorf getötet und meinen Sohn entführt hatten …

Ungebetene Gedanken an die Heimat – an das, was einmal Heimat gewesen war –, überkamen mich. Die alte Verzweiflung stieg mit ihnen auf, ein bitterer Geschmack, der mich erstickte, nur um dann eine schwere, säuretriefende Lanze in mein Herz zu stoßen.

Mein Rücken schmerzte noch mehr.

„Hast du jemals einen getroffen?"

Ich sprang auf, durchstreifte das Cockpit und versuchte so, das Kribbeln in meinen Krallen zu unterdrücken. Obwohl ich sie gekürzt und mir angewöhnt hatte, leise zu treten, um den Effekt zu mindern, klapperten sie immer noch hart auf dem blanken Metallboden und erfüllten den kleinen Raum mit dem Klang schlecht unterdrückter Wut, „Das muss ich nicht. Außerdem, was kümmert Euch diese Haslarhohepriesterin überhaupt?"

Der Allwissende beobachtete mich, seine Augen folgten meinen Bewegungen, während ich auf den Bildschirmen Zahlen und Buchstaben überprüfte. Seine Antwortzeit war ungewöhnlich lang.

Schließlich erklärte er: „Hohepriester-Gouverneurin Sh'Zal'Lagesh ist eine alte Bekannte."

Das ließ mich innehalten. War das liebenswürdige Wärme in seiner Stimme?

„Ich muss teilnehmen. Sie hat ausdrücklich darum gebeten, dass diese Einheit bei der diesjährigen ZH'tha'ga als Zeuge anwesend ist", er machte eine Geste, eine ungewöhnlich vage Scheuchbewegung, „Und du hast geschworen, mir zu folgen, ungeachtet dessen, wohin ich gehe."

Das hatte ich.

Ich setzte mich wieder hin, mit gesenktem Kopf, meine Ehre entsetzt über mein schlechtes Benehmen, „Natürlich, Meister. Ich entschuldige mich für meine unbedachten und ungehobelten Worte. Ich wollte Eure ... Bekannte nicht beleidigen."

Da war dieses leichte Flackern im Licht seiner Augen.

Wenn ich an diesen Moment zurückdenke, frage ich mich oft, ob dies derjenige war, der mein Schicksal besiegelte und meinen Weg festlegte. Hätte er sich von mir überzeugen lassen, hätte ich anders oder mit mehr Finesse argumentiert? Und wenn ja, hätte das etwas an den Ereignissen geändert oder das Unvermeidliche nur aufgeschoben?

Allarand nickte und zeigte dann auf den kleinen Raum, den sein Shuttle für mich abgetrennt hatte, „Sobald wir angekommen sind, leg deine Ringe ab und lass sie hier. Alle."

Ich schluckte schwer.

KAPITEL ACHT

DIE GEHILFIN

„Eure Gehilfin?", die Haslarfrau musterte mich von oben bis unten wie ein Stück frisch aufgehängtes Fleisch. Wie sie es schaffte, mich trotz unseres deutlichen Größenunterschieds von oben herab zu betrachten, ist mir noch heute ein Rätsel, „Ich habe noch nie von einem Allwissenden mit einer Gehilfin gehört."

„Stellst du die Integrität dieser Einheit in Frage?", inquirierte Allarand.

Er beharrte darauf, mich seine Gehilfin zu nennen, wann immer er mich anderen vorstellte, und erklärte einmal, dass das Konzept der Dienerschaft in den meisten Systemen einen schlechten Ruf habe und dass er nicht riskieren wolle, mich „unliebsamen Verhaltensweisen" auszusetzen.

Die Juwelen über den Augen der Haslar kletterten

rasch in die Höhe. Hätte sie einen Haaransatz gehabt, wären sie darin verschwunden.

Die Kahlheit der Haslar machte sie in meinen Augen gradezu unheimlich. Meine Zeit mit Allarand hatte mich bereits daran gewöhnt, dass ich in den meisten Situationen die einzige Anwesende mit Federn war. Doch Haare waren im Prinzip sehr ähnlich und die meisten Haslaroiden hatten zumindest ein paar davon.

Wo andere Haslaroiden in der Regel Augenbrauen aufwiesen, betteten Haslar diese Edelsteine in ihre Haut ein. Je mehr Edelsteine sie trugen, desto stärker waren sie. Je stärker sie waren, desto mehr Macht bekamen sie zugesprochen. Desto mehr Magie konnten sie ausüben.

Dominanzorientierte Kriegergesellschaften, man musste sie einfach lieben ...

Magie ... was für ein faszinierendes Konzept. Seit ich meine Heimat verlassen hatte, waren mir einige wundersame Dinge untergekommen, und die Magie war zweifellos das Beeindruckendste. Mein Volk besaß etwas davon. Meine Eltern hatten mich zu einer Vorführung mitgenommen, als wir in einer der großen Siedlung waren, aber alles in allem war diese Kraft sehr neu für mich.

In einem unserer Gespräche spekulierte Allarand mal, dass wir vielleicht eine zu junge Spezies seien und dass die Magie bei uns mit der Zeit erstärken und sich weiter verbreiten würde.

Haslar hingegen ... diese Bastarde gab es schon ewig, und ohne die ihnen von den Wächtern auferlegten Beschränkungen hätten sie wahrscheinlich schon das ganze Universum eingenommen. Nicht zuletzt dank der Magie und der magischen Technologie, welche sie beherrschten.

„Nein! Natürlich nicht!", diese hier trug fünf Steine im Kopf – nicht sehr beeindruckend, „Ich würde es niemals wagen, Allwissender! Es ist nur so, dass ... so etwas noch nie vorkam. Keinem Mitglied einer Sklavenrasse ist es jemals erlaubt worden, dem ZH'tha'ga beizuwohnen!"

Der Wächter legte mir warnend eine Hand auf die Schulter. Was wie zur Betonung wirkte, hielt mich ohne merkliche Anstrengung zurück. In Momenten wie diesem war Maschinenkraft echt unfair.

„Diese hier ist von einem freien Volk."

„Aber sie ist Eure Gehilfin."

„Ja. Und das mindert ihren existenziellen Wert in keinster Weise."

Jetzt sah mich die Haslar an, als wäre ich eine Art tödliche Krankheit.

Bitte, Meister, lasst mich ihr eine blutige Nase verpassen!, dachte ich.

Dann erinnerte ich mich daran, dass ich zuerst dieses Übertragungsdings in meinem Kopf aktivieren musste, wenn ich wollte, dass er mich hörte. Ich dachte den Befehl und wiederholte dann meinen Wunsch: ‚Bitte, Meister, darf ich ihr das Hirn rausprügeln?'

‚Beruhige dich, Singvogel. Sie hat nicht das gleiche Verständnis von Freiheit wie du. Sie ist durch ihre Erziehung geprägt. Für sie bedeutet Freiheit, ihren Platz zu kennen.'

‚Und kein Sklave zu sein. Sklaverei ist etwas für andere, niedere Rassen.'

‚Vielleicht verstehst du sie nicht so gut, wie du glaubst. Außerdem trägt sie einen Stein, welcher ihr zusätzliche Kraft und Beweglichkeit verleiht. Selbst mit dem Vorteil deiner Größe hat ein Angriff nur geringe Erfolgschancen.'

Ich grummelte in Gedanken vor mich hin.

Inzwischen war die normale Diskussion ohne mich zu Ende gegangen.

„Also gut", erklärte die Haslar, „Ich werde ihr einen Passierschein ausstellen und die Wachen anweisen, sie nicht zu belästigen."

„Du bist sehr großzügig", Allarand verbeugte sich.

Sie erwiderte die Verbeugung.

Ich wusste, was als Nächstes kam. Das wurde nie langweilig.

„Darf ich Euch bitte eine Frage stellen, Allwissender?"

„Du darfst fragen; diese Einheit wird antworten, wenn es ihr erlaubt ist."

Die Haslarfrau sah mich an, ein leichtes Zögern in ihrem Blick.

Ich zückte ein Datapad aus der Tasche an meinem Gürtel und stand stramm, als plante ich, jedes private Wort ihrer Frage aufzuschreiben. Sie schaute ihn an. Er schaute mich an. Ich sah ihn an. Er sah sie an, dann wieder mich. Ich verdrehte die Augen, drehte mich um und ging mit langen Schritten auf ein nahe gelegenes Fenster zu.

Was auch immer! Als ob es mich ernsthaft interessierte, was diese Sklavenhändlerin für die wichtigste Frage ihres Lebens hielt ...

Das Rückkopplungsgeräusch in meinem Kopf klang verdächtig nach einem Schnauben. Ich grinste.

Außerdem hatte meine Frage Allarand dazu gebracht, mich mitzunehmen. Soweit ich wusste, hatte das vorher noch nie jemand geschafft. Fühl meine Schwanzfedern, du Haslarschlampe!

Das Fenster war groß und prunkvoll, und auf der anderen Seite gab es nichts außer Dunkelheit. Es passte hervorragend zum restlichen Dekorum.

Hali'lle'lesh war einer der äußeren Kernplaneten des zweitwichtigsten Sonnensystems im Haslarraum. Er war eigentlich nicht bewohnbar. Selbst Haslar brauchten Luft, also hatten sie eine große Stadt unter einer großen Kuppel aus glitzerndem kristallinen Material gebaut. Da ich so etwas noch nie gesehen hatte, wusste ich nicht, woraus es bestand.

Dieses Fenster war Teil der Kuppel, ein eigenwilliges technisches Detail, welches durch die Tatsache ermöglicht wurde, dass sich der kleine Raumhafen als Tor zur Stadt ganz an ihrem Rand befand. Draußen gab es nur grauen Staub, Dunkelheit und eine Handvoll Sterne weit oben. Als wir uns dem Planeten näherten, brannte die blaue Sonne im Zentrum des Systems in stiller Majestät, doch hier unten schien ihr Licht noch weit entfernt.

„In dieser Richtung gibt es nicht viel zu sehen, was?", der Haslarjunge glitt wie ein Geist aus den Schatten und stellte sich neben mich, um meinem Blick zu folgen, „Mama sagt, es ist wie im Leben. Wenn man keine Stärke hat, sieht es so aus. Trostlos, leer und tot."

„Da sind noch die Sterne", erinnerte ich ihn.

Weil mein Schnabel die seltsamen Laute, welche die meisten Haslaroiden als Sprache bezeichneten, nicht erzeugen konnte, hatte Allarand mich mit einem als schmale Halskette getarnten Lautsprecher ausgestattet. Die Kette war mit der in meinem Gehirn eingepflanzten Technologie verbunden, welche unter anderem einen Übersetzer enthielt. Der Operation zuzustimmen war eine der seltenen Entscheidungen gewesen, die mein Meister für mich traf.

Es hatte eine Weile gedauert, mich daran zu gewöhnen, doch jetzt brauchte ich nur noch meine Antwort denken und die Halskette gab die gesprochenen Worte wieder, wobei sie Tonhöhe, Lautstärke und Tonfall an meine Absicht anpasste.

„Ja, das denke ich auch. Es gibt immer Hoffnung, solange es Sterne gibt", er blickte hoch, und in seinen Zügen lag eine seltsame Sehnsucht, „Ich möchte dorthin, wenn ich älter bin. Ich möchte alle Sterne sehen, das ganze bekannte Universum! Woher kommst du? Du siehst komisch aus."

„Komisch? Hast du denn noch nie ein Mitglied einer ‚Sklavenrasse' gesehen?"

„Wie sollte ich? Es sind keine anderen Rassen in der Hauptstadt erlaubt. Wegen des Tempels und so", der Junge verzog das Gesicht, „Außerdem habe ich mitbekommen, was der Wanderer gesagt hat. Du gehörst zu keiner Sklavenrasse!"

Einen Moment lang herrschte angenehmes Schweigen zwischen uns, während er mich von oben bis unten musterte.

Dann fragte er: „Darf ich dich anfassen? Bitte?"

„WAS?"

Ja, ich legte ein bisschen mehr Drama in diese Vorstellung als nötig. Aber er war altersmäßig gerade an der Grenze zwischen nicht wissen und zu gut wissen. Und verdammt, er war schließlich ein Haslar. Vielleicht meinte er wirklich ...

„Nein, so habe ich es nicht gemeint!", die goldene Haut auf seinen hohen Wangenknochen verdunkelte sich zu dem bezauberndsten Kupferton, den ich je gesehen hatte.

„Ich meine nur ... wie ... wie ein einfacher Händedruck oder so ... Macht ihr Leute das nicht?"

„Woher willst du wissen, was ‚wir Leute' tun?"

Er wurde noch kupferfarbener, „Ich habe darüber gelesen ..."

„Deine Mutter lässt dich über uns Leute lesen? Korrumpiert man damit nicht die Jugend?"

„Korruption? Ist das nicht, wenn man schlechte Gene hat?"

Wie konnte ein Haslar nur so niedlich sein?

Das war unfair!

Ein weiterer Moment des Schweigens schlich sich zwischen uns.

Ich bemerkte, dass seine perfekte goldene Haut schmucklos war. Allarand hatte mir erklärt, dass es bei der Zeremonie, der wir beiwohnen würden, darum ging, dass einige Haslarkinder ihre ersten Steine bekamen, aber im Vergleich zu den anderen seiner Art, welche ich seit meiner Ankunft gesehen hatte, wirkte das Äußere des Jungen schon etwas seltsam.

„Sag mal, hast du nicht … also … solltest du nicht Flügel haben?", stotterte er schließlich, „Ich meine, du hast Federn, deshalb …"

„Na ja", ich legte den Kopf schief, als ich auf seine winzige Gestalt hinunterblickte, „Solltest du nicht Edelsteine am ganzen Körper tragen? Ich meine, du bist doch ein Haslar, oder?"

Er wurde wieder kupferfarben und schaute schnell weg. Es dauerte jedoch nur ein paar Herzschläge, bis er sich wieder erholt hatte. Mit der Beharrlichkeit, die scheinbar allen jungen Wesen eigen ist, sagte er: „Hey, möchtest du eine bessere Aussicht haben? Ich kenne das allerbeste Fenster! Komm mit!"

Und schon fegte er los, wobei seine etwas zu langen Arme und Beine bemüht waren, mit seiner unbändigen Energie mitzuhalten. Absolut hinreißend … Mein Sohn wäre jetzt in seinem Alter gewesen.

Wäre.

Ich schüttelte den Kopf und sah wieder zu Allarand und der Haslar. Er hielt ihre Hand und betrachtete etwas auf ihrer Haut ... oder darin. Vielleicht machte er einen Gentest mit ihr. Ich hatte ihn das schon mal machen sehen. Es würde nur einen Moment dauern. Doch in kurzer Entfernung zu den beiden bildete sich bereits eine kleine Ansammlung von Leuten, die in respektvollem Abstand warteten, um wahrgenommen zu werden und ihre Fragen zu stellen.

Mein Meister war also erstmal beschäftigt...

Außerdem konnte ich, wenn ich in Schwierigkeiten geriet, immer per Gedankenschrei um Hilfe bitten.

Kupferjunge führte mich auf die andere Seite des kleinen Komplexes, einige Treppen hinauf und in eine Art Aussichtskuppel. Von hier aus konnte ich die ganze Stadt sehen. Wirklich alles.

Die Häuser waren wie Bienenwaben gebaut und wurden zur Mitte hin immer höher und prunkvoller. Das höchste Gebäude im Zentrum der Stadt schien ein Observatorium zu beinhalten. Das gesamte oberste Stockwerk war mit der schützenden kristallinen Struktur verbunden. Sie waren eins. In der Ferne zog das Sonnenlicht ein und schuf eine scharfe Trennlinie zwischen Hell und Dunkel.

„Ist das ...?", fragte ich.

„Der Tempel, ja. Ist er nicht schön?"

Er war nicht nur schön, musste ich schnabelknirschend zugeben, er war absolut hinreißend! Die geschwungenen Linien und großen Fenster waren nicht das, was ich von den Haslar erwartet hatte. Sicher, technologisch waren sie hoch entwickelt, aber sie waren ein wildes Volk, das Krieg,

Zerstörung und Sklaverei über das halbe bekannte Universum brachte.

Wie konnten sie etwas so … Perfektes erschaffen?

„Er ist nett", erwiderte ich, „Wer hat ihn gebaut?"

„Man sagt, die antiken Ältesten hätten ihn gebaut. Unsere Maschinen funktionieren noch immer nach ihren Vorgaben."

„Welche Maschinen?"

„Einfach alles, glaube ich. Außer den neueren Schiffen und so", er zuckte mit den Schultern, „Ich weiß nicht, wie das mit dem Tempel ist; ich war noch nicht drin. Ich durfte bis jetzt nicht hinein. Aber man sagt, dass es dort einige große Maschinen gibt."

„Was zum Beispiel?"

„Die Sonnenlinse!"

„Was ist das?"

Er öffnete den Mund und schloss ihn dann wieder, „Das darf ich nicht sagen."

„Du meinst, du weißt es nicht?", ich unterdrückte ein Schmunzeln, denn der fremdartige Ausdruck hätte den Jungen erschrecken können. Ein paar andere Aliens hatten ihn mal für ein Vorzeichen davon gehalten, dass ich sie verspeisen wollte. Nur Allarands schnelles Eingreifen hatte sie davon abgehalten, ihr ganzes Dorf zu einer Vogeljagd aufzuwiegeln. Man könnte meinen, ich hätte meine Lektion gelernt, mich nicht allein in fremde Umgebungen vorzuwagen. *Nun, was soll ich sagen?*

Der Junge hielt noch einen Moment lang den Mantel des Experten um sich, dann sanken seine Schultern ein Stück. Ich bemerkte einen kleinen Knubbel neben seinem Schulterknochen. Er sah recht merkwürdig aus, „Was ist–"

KAPITEL NEUN

DIE KRÄHE

„Oh, schaut mal! Sieht aus, als hätte der Abschaumjunge etwas Sklavenabschaum zum Abhängen gefunden!"

Mein Begleiter zuckte zusammen. Kinderlachen folgte auf die bissige Bemerkung. Plötzlich belagerte uns eine ganze Horde kleiner goldener Scheißer. Ich wich zwei Schritte zurück, bis ich spürte, wie das Fenster mich von hinten abschirmte. Es waren sechs von ihnen, zwei Jungen und vier Mädchen. Angeführt wurden sie von einer großen Rotzgöre mit breiten Schultern und glänzenden schwarzen Augen. Ihre Kleidung sah teuer aus und ihre Nase zog sich für meinen Geschmack zu sehr nach oben. Sie hatte auch keinen Stein. Keiner von ihnen hatte einen.

Ich könnte es wahrscheinlich mit ihnen aufnehmen ... aber ich wollte keinen Ärger. Ihre Eltern mussten schließlich in der Nähe sein, oder?

Kupferjunge richtete sich auf und trat vor mich. Ich konnte an seiner Haltung sehen, dass er lieber weggerannt wäre. Er hatte den schlanken Körperbau und die langen

Beine, die wie dafür gemacht schienen, viel zu laufen und sich an schwer zugänglichen Stellen zu verstecken.

„Sie ist keine Sklavin, H'sa! Sie ist die Gehilfin eines Wächters! Pass besser auf, was du sagst! Er könnte dir das übel nehmen und dich bestrafen lassen!"

Das Mädchen lachte, „Ja klar! Du hattest schon immer eine blühende Fantasie, R'sal!"

Die anderen folgten ihrem Beispiel und lachten ebenfalls. Ich bemerkte ein kleines Mädchen in der hinteren Reihe, schlank wie eine Peitsche, die Körperspannung sorgfältig dosiert. Peitschenmädchen grinste nicht einmal. Ihre Augen waren nicht auf uns gerichtet wie die der anderen. Sie beobachtete den ganzen Raum. Ich beschloss, ihr auf keinen Fall den Rücken zuzuwenden.

Die reiche Tyrannin H'sa beendete die allgemeine Heiterkeit mit einer scharfen Geste, „Außerdem, womit könnte mich dieser Wächter bestrafen? Er hat keine Rechte auf einer Haslarwelt!"

„Sicher, als wüsstest du nicht von Exagon 3-14", R'sal verschränkte die Arme und lehnte sich zurück.

„Exagon 3-14? Was ist damit? Ist bei einem verrückten Minenunfall in die Luft geflogen."

„Ja, klar. Das war es, sicher!", der Junge schauspielerte gar nicht so schlecht. Peitschenmädchen schien es ihm nicht abzukaufen, aber H'sa schluckte es mit kompletter Panzerung.

Sie kniff die Augen zusammen, „Was weißt du? Los, spuck's aus!"

„Nur, dass es kein Unfall war. Meine Mutter sagt, dass irgendein Idiot versucht hat, einen Wächter zu entführen. Er hat es sogar geschafft, ihn für eine Weile von der Großen Neutralität abzutrennen, wollte ihn studieren, ihn auseinandernehmen. Aber der Roboter befreite sich, und als er wieder Verbindung aufnahm, beschloss die Große Neutralität, dass sich so etwas nicht wiederholen durfte und ein Exempel statuiert werden müsste. Der Wächter übernahm die Minenstadt und brachte den Energiekern zur Explosion! Es gab nichts, was irgendwer hätte tun konnen; er war nicht aufzuhalten!"

Ich nickte ernst, „Ja, das hab ich mitbekommen. Ich habe auch keine Probleme, es zu glauben. Ich habe Wächter arbeiten sehen, weißt du. Als die *Gehilfin* von einem! Ich habe Dinge gesehen, die du nie für möglich halten würdest!"

Nicht, dass die Allwissenden es nötig hätten zu solch barbarischen Mitteln zu greifen. Sie wurden überall verehrt, wo sie hinkamen, und dass diese kleinen Bälger die Schwere ihrer Respektlosigkeit nicht begriffen, war mir ein Rätsel. Aber es waren Haslar ..., und Allarand hatte mich gewarnt, dass man ihren Kindern viel Freiheit ließ, bevor sie ihren ersten Stein bekamen.

H'sa und die Jungs sahen mich mit großen Augen an. Diesmal registrierten sie mich tatsächlich. Als ob ich da und es wert wäre, wahrgenommen zu werden.

Peitschenmädchen verschränkte die Arme, „Was ist mit dem Wächter? Sollen wir glauben, dass er sich einfach in die Luft gesprengt hat?"

R'sal schluckte, seine Augen zuckten hin und her.

„Und warum nicht?", hörte ich mich selbst sagen, „Ihre begrenzte Anzahl mag von anderen Spezies immens verehrt werden, aber sie sind nur Zahnräder in der Maschine. Die Unantastbarkeit der Großen Neutralität hat immer Vorrang vor den Bedürfnissen einer einzelnen Einheit."

H'sa nickte, „Er war kompromittiert, also war er schwach. Seine Schwäche durfte seine Rasse nicht beflecken."

„Ich glaube nicht, dass er gestorben ist", murmelte R'sal, „Einheiten werden ständig mit der Große Neutralität synchronisiert, nicht wahr? Würde sein Bewusstsein also nicht dort weiterleben? Könnte es nicht in einen anderen Körper heruntergeladen werden?"

Er sah mich mit diesem seltsamen Licht in seinen Augen an. Dasselbe wie zuvor, als er mir von den Sternen vorgeschwärmt hatte.

Ich dachte an den künstlichen Körper in unserem Frachtraum und zuckte mit den Schultern, „Wahrscheinlich schon ..."

„Was für einen Unsinn erzählst du diesen Kindern, du flügelloser Vogel?", eine Haslar stürzte sich auf uns wie ein Frachtshuttle im Eileinflug.

Sie schnappte sich das Peitschenmädchen, schob es in die Arme eines der zwei großen Kerle, welche ihr folgten, und stürmte einfach weiter.

Die anderen Kinder sprangen hastig zur Seite und senkten ihre Köpfe.

Selbst R'sal machte einen Schritt beiseite.

Er stotterte: „Aber sie ist–"

„Es ist mir egal, ob sie dein Haustier ist oder das deiner Mutter!", die Frau blieb direkt vor mir stehen und kniff die Augen zusammen, „Dies ist eine Schande! Selbst H'Gar'esh sollte nicht so dreist und respektlos sein, ... *sowas* hierher zu bringen", ihr Blick schweifte kurz ab, um den Jungen zu betrachten, „Selbst wenn sie nichts zu verlieren hat."

‚Allarand, Hilfe! Hier ist eine verrückte Haslarfrau, sie könnte versuchen, mich zu töten! ... ALLARAND!!!', dachte ich.

Der eine Haslarmann behandelte Peitschenmädchen wie eine menurianische Vase: sehr zerbrechlich und sehr,

sehr teuer, als er sie sanft zur Seite abstellte und ihr festliches Kleid zurechtrückte, während der andere hinter ihrer beider Herrin trat und seinen beträchtlichen Körper aufplusterte. Ich konnte immer noch auf sie alle herabblicken, aber die Anzahl der glitzernden Steine in ihren Köpfen ließ mich im Unklaren über das genaue Ausmaß der Gefahr, in der ich mich befand.

R'sal zappelte derweil nahezu unmerklich auf der Stelle. Vielleicht kämpfte seine Angst mit seinem Wunsch, mir zu helfen. Vielleicht hatten ihn die Worte der Frau mehr verletzt als er zeigen wollte. Er sah mich nicht einmal an. Für einen Moment wurden seine Gesichtszüge still, während sein Blick unfokussiert in die Ferne schweifte. Dann raste er los, schlängelte sich wie ein Rindenläufer an den zwei größeren Jungs vorbei, fiel auf die Knie und glitt wie ein Profi zwischen den Beinen des zweiten Muskelprotzes hindurch. Hinter der kleinen Gruppe sprang er mit einer fließenden Bewegung auf und sprintete davon, wobei seine Arme und Gewänder nur so flogen.

Die Frau schüttelte angewidert den Kopf.

„Feigling", höhnte sie, „Seht ihr, Kinder? Das ist es, was verdorbene Gene aus euch machen."

Es folgte ein leises Gemurmel gehorsamer Zustimmung. Peitschenmädchen verschränkte die Arme, dunkle Wolken zogen hinter ihren schwarzen Augen auf.

Nun, er war ein Haslar und ein Kind, also war ich nicht sonderlich schockiert über seine plötzliche Flucht.

Ich wünschte nur, ich wüsste, mit welcher Art und Menge an Magie ich mich hier konfrontiert sah.

Die Verrückte trug eine Menge Juwelen, aber nicht viele davon im Gesicht. Ihr Rang konnte ja nicht so beeindruckend sein, wenn nur sieben Steine auf ihrer Stirn prangten, oder?

Ich lächelte sanft und setzte das Gespräch fort, als wäre zwischen ihrer spöttischen Bemerkung und meiner Antwort überhaupt nichts passiert, „Was meinen Sie, gute Frau? Ich bin ein sehr respektables Wesen. Ich war ein Spitzenschüler in ‚Einführung in intergalaktische Diplomatie‘!"

Ihre Augen weiteten sich, als hätte ich mir gerade neue Flügel wachsen lassen oder so, dann wurden sie stecknadelkopfgroß, „Du wagst es, mich anzusprechen, Sklavenabschaum?"

Nun, ihr Schlag war wirklich beeindruckend. Ich sah ihn nicht einmal kommen. Licht explodierte vor meinem Gesicht, ein Knacken hallte durch meinen Schädel, sein Ursprung irgendwo in meinem Unterschnabel. Ich wurde zurückgeschleudert und prallte mit dem Kopf gegen die Kristallscheibe. Schmerzen durchzuckten meine Wirbelsäule. Warme Flüssigkeit rann über mein Gesicht.

Die Magie verstärkte sie also körperlich. ... Na super.

Wie war sie überhaupt so hoch gekommen?

Meine Hände fanden etwas, an dem ich mich festhalten konnte, während ich mich aufrappelte. Ich blinzelte hastig, um die Sterne in meiner Sicht zu verscheuchen.

Die Frau kam auf mich zu. Ich umklammerte das Geländer fester und sammelte meine Kräfte. Dann stieß ich mich von der Scheibe ab, um etwas Hebelwirkung zu erreichen, und zielte auf ihr Knie, während ich mit dem anderen Fuß eine Finte andeutete. Wie erwartet wich sie der Täuschung aus, und ihre unnatürliche Geschwindigkeit machte sie für meinen eigentlichen Angriff verwundbar. Es gab ein knirschendes Geräusch, als mein Fuß ihr Knie zielgenau traf und meine Krallen es gleichzeitig aufschlitzten. ... Nun, das hätten sie zumindest, wenn ich sie nicht zu mutterverlassenen Stümpfen heruntergefeilt hätte, um meinen Meister nicht zu verärgern, wann immer ich in seinem Shuttle herumlief!

Dennoch warf es sie aus der Bahn. In ihrem Schwung gestört, stolperte sie an mir vorbei und prallte um eine Feder ebenfalls gegen das Fenster. Dabei schrie sie wie ein brünstiger Borkenkäfer.

Die Kinder schnappten nach Luft.

Ich klapperte mit dem Schnabel.

Nimm das, du dämliche Haslarkrähe!

Plötzlich packte mich die Luft selbst und zog mich hoch, bis meine Füße etwa einen halben Meter über dem Boden baumelten. Ich fühlte mich wie eine unwillige Marionette, als einer der Muskelmänner mich mit stummer Missbilligung anstarrte und die Finger der einen Hand in jener rituellen Weise bewegte, die ich mit Magie in Verbindung brachte, während er mit dem anderen Zeigefinger gegen einen großen türkisfarbenen Edelstein über seinem rechten Auge drückte.

Die Krähe stand auf, ihr Bein etwas eingedellt. Ihre Augen sprühten hasserfüllte Funken.

„Du ...", zischte sie, „Ich werde dich dafür hinrichten lassen! Ich werde dir eine Feder nach der anderen ausreißen lassen, bis du verblutest, Sklavenabschaum!"

„ICH BIN KEIN VERDAMMTER SKLAVE!", brüllte ich.

Verdammte Haslar. Verdammter Allarand, dass er mich hierher gebracht hatte. Was zum Teufel war gerade passiert? Wie war das alles so verdammt schnell aus dem Ruder gelaufen?

Noch während die Frau ihre Faust hob, erblühte darum Feuer zu flackerndem Leben.

„Was hat dies zu bedeuten?", mischte sich eine andere Frauenstimme ein.

Sofortige Stille. Der Mann, der mich festhielt, drehte sich um und verbeugte sich tief.

Die Magie, welche mich in der Schwebe hielt, erlosch, und mein Hintern kollidierte mit dem Boden. Ich forderte meine Beine auf, etwas gegen den Fall zu unternehmen, kaum dass ich ihn bemerkte, doch sie waren völlig nutzlos. Da alles andere zu schmerzen schien, machte es auch keinen großen Unterschied mehr.

Wenigstens hörten meine Augen auf, zu tränen, so dass ich die Prozession der Neuankömmlinge begutachten konnte. An ihrer Spitze schritt eine majestätische Frau in einem scheinbar sehr teuren Gewand und mit einem riesigen Kopfschmuck. Ich blinzelte überrascht, als ich erkannte, dass der große bernsteinfarbene Fleck auf ihrer Stirn ein riesiger Edelstein war. Zu facettenreicher Perfektion geschliffen, schien er von innen heraus geradezu zu leuchten. Jeweils sieben verschiedenfarbige Steine fächerten sich zu beiden Seiten davon auf und bildeten zwei perfekte Bögen. Vier sehr muskulöse Männer mit glitzerndem Augenbrauenersatz folgten der Frau. Zu einer Seite stand eine andere Haslar, ebenso würdevoll, mit fünf Steinen über jeder Braue. R'sal verschmolz nahezu mit dem Bein dieser Frau.

Ich hatte den Eindruck, dass eine gewisse Ähnlichkeit zwischen den beiden Frauen und dem Jungen bestand, doch mein Kopf schmerzte, und eigentlich sahen alle Haslar sich so gleich mit ihrer unnatürlichen goldenen Haut und diesen emotionslosen schwarzen Augen.

Allarand glitt von hinten heran, als würde er einen gemütlichen Sonntagsspaziergang genießen. Er blieb neben der Bossdame stehen und verbeugte sich vor ihr.

Sie verbeugte sich zurück.

„Allarand, mein lieber Freund", sagte sie, „Ist dieses Wesen deine Gehilfin? Die, von der du mir erzählt hast?"

Er nickte, „Ja, das ist sie."

Die Frau, die mich geschlagen hatte, erbleichte sichtlich, wohingegen die Kinder die Bossdame und Allarand mit unverhohlener Bewunderung bestaunten.

„Es tut mir sehr leid, dass sich diese Situation in meiner Stadt entwickeln konnte. Das ist ausgesprochen beunruhigend", sie wandte sich halb zu einem der Männer um, „Su'Lor hier ist Heiler. Er wird sie sich ansehen ..."

„Ich weiß Eure Sorge zu schätzen, Hohepriesterin. Doch das wird nicht nötig sein."

‚Nicht nötig?', dachte ich zu ihm, ‚Meister, habt Ihr mein Gesicht gesehen? Ich würde denken, das ist das Mindeste, was sie tun können!'

Er warf mir einen missbilligenden Blick zu und trat näher.

„Seid Ihr Euch sicher, Allarand? Zwar bin ich nicht mit ihrer Spezies vertraut, doch diese Verfärbung auf ihren Gesichtsfedern erscheint mir nicht natürlich", bemerkte die Frau.

„Das ist keine VERFÄRBUNG! Das ist BLUT!", brüllte ich mit meiner echten Stimme, in der Gewissheit, dass jeder außer meinem Herrn nur eine Art Gezwitscher hören würde, dessen ganze Bandbreite ihre Ohren nicht wahrnehmen und deren Bedeutung ihr Gehirn nicht übersetzen konnte.

„Ganz sicher, ja", Allarand nickte und meinte dann in Gedanken zu mir: ‚Bleib ruhig, Singvogel. Ich werde dich im Handumdrehen repariert haben. Das wird sie in Ehrfurcht versetzen und deine neuen Feinde werden es sich zweimal überlegen, dir noch einmal zu schaden.'

Er legte seine Hände ganz sanft auf mein Gesicht.

Das kalte Metall fühlte sich herrlich an. Meine Haut begann zu kribbeln. Ich wusste, dass die Naniten, welche er auf meine Zellen übertragen hatte, zu klein waren, um sie zu spüren, trotzdem …

‚Das klingt so, als wäre ich auf Ärger aus gewesen. Ich versichere Euch, Meister, ich habe mich prächtig mit den Kindern verstanden, bevor diese randalierende Krähe aus dem Nichts auftauchte und mich beschimpfte!'

‚Und natürlich musstest du das mit gleicher Münze zurückzahlen.'

Die Hitze in meinem Gesicht ließ nach, ebenso die Kopfschmerzen. Meinem Hinterkopf ging es schnell besser. Allarand beugte sich hinunter und berührte mein Bein und meinen Rücken.

‚Neeeiiin!'

‚Weißt du überhaupt, was in dieser Gesellschaft als Beleidigung gilt?'

Die Gesichter der Kinder waren pure Verwunderung und Entzücken, als sie mich beobachteten. Ich wünschte, ich könnte sehen, was da passierte. Es war ein seltsames Gefühl, als etwas in meinem Hinterkopf in seine natürliche Position zurückglitt. Jetzt schien sogar die Hohepriesterin ein wenig beeindruckt.

‚Ich würde vermuten, dass ‚Sklave' ganz oben auf der Liste steht.'

‚Du irrst dich. „Sklave" beschreibt einen Zustand, so wie „Kind" oder „unpässlich". Es ist in sich keine negative Sache.'

‚Das klang aber nicht so, als die Krähe es gesagt hat.'

Mein Rücken gab ein hässliches Knacken von sich, doch ich spürte nichts davon. Also blockierten seine Naniten wohl auch meine Schmerzrezeptoren. R'sal machte allerdings ein Gesicht.

‚Manche sind von bestimmten Konzepten mehr beunruhigt als andere.‘

‚Wie meint Ihr das?‘

Allarand gestikulierte vage, dann hielt er mir ein Taschentuch hin. Ich murmelte ein Dankeschön, nahm es und wandte mich ab, um meiner Reflexion dabei zuzusehen, wie es das Blut abtupfte, das sich im Spalt zwischen meinem Schnabel und meiner Wange gesammelt hatte. Im rissigen Horn bewegten sich silbrige Dinge, die sich verfestigten, kaum dass sie ihren Platz gefunden hatten.

‚Die Naniten werden deinen Schnabel für den Moment zusammenhalten und deine natürlichen Heilungsfähigkeiten unterstützen‘, hallte Allarands Stimme in meinem Kopf wider.

Ich betrachtete die Ebenbilder meines Meisters und der Anderen. Die Priesterin und ihr Gefolge warteten mit stoischer Geduld, während die Wachen der Krähe entnervt und verblüfft herumstanden. Die Kinder hatten immer noch riesige Augen. Bis auf Peitschenmädchen, welche die Hohepriesterin studierte. Die Haslarkrähe ballte und entspannte wiederholt ihre Hände in den Falten ihres Gewandes. Die Blässe in ihrem Gesicht war zurückgegangen und machte einem verunsicherten Unbehagen Platz. Sie tauschte einen kurzen, nahezu anklagenden Blick mit Peitschenmädchen aus. Das Kind zuckte so unmerklich mit den Schultern, dass ich es fast übersehen hätte.

‚Bist du so weit fertig?‘, gedanken-fragte Allarand, ‚Ich fühle mich verpflichtet, dich darüber zu informieren, dass es als Beleidigung gilt, die Hohepriesterin warten zu lassen.‘

‚Natürlich. Es tut mir leid, Meister.‘

KAPITEL ZEHN

DER JUNGE

„Du bist also weggelaufen, um Hilfe zu holen“, flüsterte ich R'sal zu, als wir das Transportshuttle zum Tempel bestiegen.

Er nickte.

„Das war sehr mutig von dir. Und du bist ziemlich gut im dich verflüchtigen.“

„Im ... mich verflüchtigen?“

„Du weißt schon, im Weglaufen.“

„Oh“, er ließ die Schultern sinken.

„Du klingst unbegeistert. Ich schätze, in deiner Kultur ist das Weglaufen keine geschätzte Eigenschaft?“

Er schüttelte den Kopf.

„Wir Haslar sind ein starkes Volk. Wir sortieren die Schwachen aus, damit alle anderen gedeihen können“, erklärte die Dame mit den zweitmeisten Edelsteinen im Gesicht. Sie schaute nicht mich an, sondern die Krähe und das Peitschenmädchen, welche uns gegenüber und nebeneinander saßen.

„Und wie macht ihr das?“

„Durch die Zeremonien, natürlich.“

Nach einem Moment des Schweigens sah mich die Frau an. Als wäre ich eine Art interessantes Ausstellungsstück.

„Du weißt nichts über die Zeremonie, der du gleich beiwohnen wirst", die Art, wie sie es sagte, war Frage und Feststellung zugleich, jedoch ohne besondere Betonung. Wir hätten auch über das mangelnde Wetter auf diesem Planeten sprechen können.

„Nun, äh ...", ich warf einen Blick auf Allarand, doch der war tief in ein geflüstertes Gespräch mit der Priesterin versunken, „Nein. Worum geht es dabei?"

R'sal antwortete: „Da kriegen wir unseren ersten Stein! Es kennzeichnet die Akzeptanz eines Kindes in die Gesellschaft. ... Oder, na ja, du weißt schon, ... sein Ende."

„Sein Ende?", mein Blick schweifte zu den anderen Kindern und Eltern, welche wir unterwegs aufgelesen hatten. Es waren um die dreißig steinlose Scheißer. Die meisten von ihnen wurden von Frauen begleitet, die, wie ich annahm, ihre Mütter waren.

„Die Steine halten unseren genetischen Code sauber und stark. Wenn ein Kind ... korrumpiert ist, kann sein Körper den Stein nicht annehmen. Das Kind muss sterben", der kurzer Blick, den die Frau R'sal zuwarf, ließ mich innehalten.

„Ihr tötet das Kind?"

„Nein!", sie schüttelte den Kopf, „Wir brauchen die Steine, um unseren genetischen Code zu aktivieren. Ohne mindestens einen können wir nicht überleben, und wenn keiner angenommen wird ..."

Ihr Blick wanderte Richtung Boden.

„... versagt der Körper", beendete R'sal.

„Wie bitte? Gebt ihr Haslar nicht immer damit an, wie

fortschrittlich ihr seid? Habt ihr denn kein Heilmittel dafür?"

„Es ist keine Krankheit!", zischte die Frau, „Es *kann* nicht geheilt werden; es *sollte* nicht geheilt werden! Auf diese Weise stellt unser Volk sicher, dass wir so fortschrittlich bleiben, wie wir sind, dass wir nicht außer Kontrolle mutieren und in Barbarei und Bedeutungslosigkeit verfallen. Auf diese Weise pflegen wir seit Tausenden von Rotationen unsere Stärke. Andere Rassen kommen und gehen, aber wir setzen uns durch. Es mag denen nicht gefallen, die ...", sie zögerte. R'sal nahm ihre Hand und hielt sie fest in seinen winzigen Fingern, „... auf der Strecke bleiben, aber es ist unvermeidlich."

Ich schluckte. Es war nicht so, als ob das Grundprinzip eines Initiationsritus neu oder schockierend für mich gewesen wäre. Ich selbst hatte bei meiner ersten Jagd beinahe eine Hand verloren. Doch das war eine Prüfung der erlernten Lektionen und geübten Fähigkeiten gewesen. Einfach nur passiv abzuwarten, ob die eigenen Gene stimmen, erschien mir so ... willkürlich und brutal für alle Beteiligten.

Und irgendwie hatte ich das Gefühl, dass mich das trauriger machte, als es sollte. Vielleicht war es ein Überbleibsel von dem, was passiert war, von der großen Depression, gegen die ich so lange gekämpft hatte. An diesem Punkt in meinem Leben erschien es mir wie eine unerträglich grausame Laune des Schicksals, wenn jemand seine Kinder verlor.

Seltsamerweise würde sich das nie ändern. Wenn überhaupt, dann hat die Begegnung mit den Menschen und das Vorgeben, eine von ihnen zu sein, dazu geführt, dass sich meine Gefühle in diesem Punkt noch mehr mit denen einer durchschnittlichen Menschenmutter decken.

Damals fragte ich nur: „Und warum glaubst du, dass R'sal es nicht schaffen wird?"

Der Junge zog an seinem Hemd und zeigte mir die Beule auf seiner Schulter, welche mir schon vorher aufgefallen war.

„Es gibt Anzeichen, die auf eine genetische Störung hindeuten", erklärte er achselzuckend, „Aber es ist nicht sicher. Es ist nur ein Zufall, irgendeine Verletzung, an die ich mich nicht erinnern kann. Ich werde es schaffen. Ich muss es schaffen. Eines Tages werde ich zu den Sternen reisen!"

„Ja, R'sal, das wirst du", ihre Blicke trafen sich, und mein Herz brach für die beiden. In ihren Augen lag ein Leuchten, als hätten sie sich stillschweigend darauf geeinigt, um des anderen willen daran zu glauben, obwohl sie es beide besser wussten.

Ich räusperte mich „Also, wie viele sterben und wie viele leben?"

„Eines von sechs stirbt."

Nun ... das waren eigentlich ziemlich gute Chancen. Vor allem, wenn man bedachte, dass sie wahrscheinlich kaum Kinder an Krankheiten oder die Natur verloren.

Nicht so wie meine Mädchen und unzählige andere, die sich einen tödlichen Infekt einfingen, als der schlimmste Winter seit Beginn der Aufzeichnungen die Hälfte unseres Planeten mehrere Monate lang unerbittlich im Griff hielt, ein plötzlicher Frost alle Versuche, sich warm zu halten, zunichte machte und die kalte Luft und tobenden Schneestürme jeden Gedanken daran, um Hilfe zu fliegen, im Keim erstickten. Das war die Gefahr dabei, ohne all die Technologie zu leben, welche mich in diesem Moment auf der Haslarwelt umgab.

„Was ist mit ihr?", fragte ich, um mich abzulenken, und deutete auf die Krähe.

„Cu'Lar? Wenn sie den heutigen Tag überlebt, wird sie eine harte Strafe treffen. Doch vielleicht löst sich das Problem ja von selbst."

„Wie meinst du das?"

„H'Gar'esh denkt, dass meine Tochter es auch nicht schaffen wird", zischte die Krähe, „Aber sie irrt sich! Meine Tochter ist zehn dieser schlechten Äpfel wert, die sie gezeugt hat!"

Peitschenmädchen schien bereit, mit ihrem Sitz zu verschmelzen.

R'sals Mutter antwortete, als existierte die andere Haslar gar nicht, „Es ist gut möglich, dass ihre Tochter die Zeremonie nicht überlebt. Sie ist das dritte Kind, das Cu'Lar auf die Welt gebracht hat, und die beiden Anderen waren unwürdig. Wenn auch ihre jüngste Tochter stirbt, kann ihr genetischer Code seine Kraft wohl nicht an die nächste Generation weitergeben. In diesem Fall hat sie die Wahl, entweder mit ihrem Kind zu sterben oder einen Sklavenstein zu erhalten. Die meisten entscheiden sich heutzutage für den Stein."

„Die meisten von uns haben keine hohe Familie, deren Namen sie mit ihrer schlechten Saat besudeln können!"

R'sal spannte sich an, doch seine Mutter hielt ihn auf seinem Platz.

„Nun, ,die meisten von uns' sind genau das, was mit unserem Volk nicht stimmt", H'Gar'esh sah Cu'Lar zum ersten Mal direkt an, seit wir den Transporter bestiegen hatten, „Haslar wie du machen uns weich. Wenn du lieber den Stein nimmst und zum Haustier eines anderen wirst, als deine Schwäche zuzugeben und einen ehrlichen Tod zu sterben, bist du ein Feigling!"

Eine gespenstische Stille war über die anderen Fahrgäste hereingebrochen, als alle Augen auf den beiden Frauen ruhten. Die starrten sich gegenseitig nieder, doch keine führte das Gespräch fort.

„Also", ich hustete, „ein Sklavenstein? Was bewirkt der?"

„Er macht sie unfruchtbar, betäubt ihren Geist und ihren Körper. Sie wird auf einen anderen Planeten verfrachtet, um dort den Rest ihres Lebens als Sklavin zu dienen", antwortete H'Gar'esh, ohne den Blick von Cu'Lar zu nehmen. Diese lehnte sich zurück, ihre Arme verschränkt.

„Haslar können Sklaven sein?", ich war verblüfft. Ich hatte noch nie von diesem Konzept gehört.

„Nur für andere Haslar. Aber ja, das können sie."

„Und was ist mit den Vätern?"

„Die Väter sind nicht von Bedeutung. Die Gene der Mutter sollten stark genug sein, um sich durchzusetzen."

Kupferjunge drückte erneut die Hand seiner Mutter.

Die Teile meines Herzens konnten nicht mehr zueinanderfinden. Eine schreckliche Erkenntnis dämmerte mir.

„Warte. Wie viele Kinder hattest du vor R'sal?"

KAPITEL ELF

RITUELLE SCHLACHTUNG

‚Meister?'

‚Ja, Singvogel?'

‚Ist es wirklich notwendig, dass ich an diesem Ritual teilnehme? Sie wollen mich offensichtlich nicht hier haben, und ich möchte nicht der Grund dafür sein, dass der Groll auf das, was ich in ihren Augen repräsentiere, auf euch zurückfällt', ich schaute geradeaus, während wir gingen, um meine wahren Absichten nicht zu offensichtlich zu machen, ‚Vielleicht sollte ich einfach ... draußen warten?'

Der Wächter hielt seinen Platz in der Prozession mit gedankenloser Leichtigkeit, als hätte er das schon eine Million Mal gemacht. So alt, wie er war, schien das sogar wahrscheinlich ... Er hatte dieses hässliche Ritual sicherlich schon zu oft gesehen, als dass es ihn noch ernsthaft berührte.

Andererseits hatte er auch angehalten, um mich zu retten, also ... wer wusste schon, wie sehr er sich tatsächlich um andere sorgte?

In diesem Punkt bin ich mir auch heute noch nicht so ganz sicher.

Damals hatte er natürlich schon längst beschlossen, was passieren würde.

‚Nein‘, lautete seine eindeutige Antwort.

‚Meister, ich–‘

Und er war weit davon entfernt, meine Borkenkäferscheiße für bare Münze zu nehmen.

‚Im Durchschnitt stirbt nur eines von sechs‘, unterbrach seine Stimme meine Gedanken und hallte in meinem Kopf wider, ‚Es ist schmerzlos und schnell. Außerdem dachte ich, dass du ihre Rasse als zu zahlreich in dieser Galaxie empfindest.‘

‚Diese Kinder haben keine Chance, den Ausgang des heutigen Tages zu beeinflussen. Das ist kein Initiationsritus, das ist Schlachterei!‘, protestierte ich.

Auf dem Weg tiefer in den Tempel durchschritten wir einige dekorative Torbögen, dann begann der Boden anzusteigen, und der Korridor schraubte sich vor uns spiralförmig immer höher. Um uns herum funkelten Gold und Edelsteine und auch einige auf Hochglanz polierte, unheimlich lebensechte Statuen, doch mir war wirklich nicht danach, irgendwelche Kunstwerke zu bewundern.

Direkt vor uns sprachen die Priesterin und R’sals Mutter mit gedämpften Stimmen miteinander.

„Ich bitte dich“, murmelte die Priesterin, „Du würdest einen guten Platz in meinem Haushalt haben.“

„Das wäre nicht ich in deinem Haushalt und das weißt du auch“, H’Gar’esh schüttelte den Kopf, „Ich verstehe das. Es wäre für mich ebenso schwer, dich zu verlieren. Aber du solltest nicht danach streben, dich an ein leeres Gefäß zu klammern und dir einreden, dass ich es bin.“

Der Kopf der Priesterin senkte sich minimal.

„Ich habe meinem Assistenten genaue Anweisungen übergeben. Außerdem wird alles gut gehen. R’sal wird es schaffen, und es hat demzufolge keinen Sinn, darüber zu diskutieren."

Es schien mir, als wolle die andere Frau etwas erwidern, doch H'Gar'esh ließ sich zurückfallen und brachte Allarand und mich zwischen sie beide. R'sal war im Begriff, ihr zu folgen, als die Priesterin seine Hand ergriff und sie eine angespannte Sekunde lang festhielt. Der Junge führte ihren Handrücken an seine Stirn und ließ ihn dort einen Moment lang ruhen.

„Bis später", flüsterte R'sal. Sie ließen einander los.

Ich wandte mich erneut an Allarand, um mich abzulenken. Der Versuch, ihn umzustimmen, war aussichtslos. Er würde mich als Zeugin mit da reinziehen, und jeder weitere Versuch, dem auszuweichen, wäre zutiefst unehrenhaft. Er war der Meister, und es war meine Aufgabe, diesbezüglich jetzt den Schnabel zu halten und ihm zu gehorchen.

Also wechselte ich das Thema: ‚Und warum will die Priesterin Euch eigentlich hier haben? Wie ich hörte, sieht man Euresgleichen in diesem Teil der Galaxis genauso selten wie anderswo, schon gar nicht, um etwas so „Banalem" wie einer Erststeinzeremonie beizuwohnen.'

‚Sie hatte eine Frage', antwortete er.

‚Was für eine?'

‚Sie fragte mich nach dem wahrscheinlichen Ausgang des heutigen Tages.'

Ich erinnerte mich daran, wie er R'sal und H'Gar'esh ganz offiziell vorgestellt worden war. Wie er die Hand des Jungen für einen langen Moment gehalten hatte.

‚Was ist der wahrscheinliche Ausgang?', ich war mir nicht sicher, ob ich das wirklich wissen wollte.

Er schüttelte den Kopf, ‚Das ist ihre Antwort, nicht deine.'

Der Name „Sternenkammer" war treffend gewählt, denn es war der Kuppelraum, den ich vom Hafen aus gesehen hatte. Die Decke war so hoch, dass ein mittelgroßes Shuttle darunter im aufgehenden Sonnenlicht hätte Kunstflüge vollführen können. Stufen säumten die Wände rundherum. Haslar saßen darauf – vor allem Frauen, wie ich feststellte –, aber auch Männer und Kinder, einige kaum älter als die bei uns hier unten. Insgesamt waren es locker mehrere hundert Zuschauer. Es musste ein großer Teil der Koloniebewohner sein, wenn nicht sogar die meisten.

Alle verstummten, als die Prozession eintrat, standen auf und legten ihre Hände flach auf die Mitte ihrer Brust, während sie sich verbeugten.

Es war so gut koordiniert, dass mich der Gruselfaktor erschaudern ließ.

‚Warum tun sie das?', fragte ich Allarand.

‚Sie zollen denjenigen Respekt, die zur Prüfung antreten und heute sterben könnten. Manche denken vielleicht an jene, die sie verloren haben. Hier zu sterben wird als Opfer für die Reinheit ihrer gesamten Rasse angesehen, und es gilt als höflich, diese Tatsache anzuerkennen.'

‚Mutter! Haslar sind wirklich kalte Bastarde.'

‚Das mag deine Meinung sein', wieder dieses Schmunzeln in seiner Stimme.

‚Richtig. Müssen wir etwas tun?'

‚Nein. Als Beobachter sind wir gut beraten, nicht allzu sehr auf unsere Anwesenheit aufmerksam zu machen.'

‚Das wird in dieser Gesellschaft wohl kaum funktionieren', ich wollte mich kratzen, und zwar so ziemlich *überall*. All diese schwarzen Augen ließen meine Federn hochstehen.

Die Hohepriesterin nahm ihren Platz neben einem kunstvoll gravierten Tisch ein. Er war nicht sehr groß. Gerade groß genug für ein Kind von vier oder fünf Rotationen. Allarand blieb am anderen Ende des Tisches stehen, in respektvollem Abstand zur Steinplatte. Ich folgte seinem Beispiel und platzierte mich neben ihm, aber einen halben Schritt weiter hinten, um meiner Position Rechnung zu tragen.

Die Eltern-Kind-Paare hatten sich an der Tür aufgeteilt und bewegten sich in beide Richtungen. Sie bildeten einen perfekten Kreis, der nur den Tisch aussparte ... und das Loch. In einiger Entfernung vom Tisch und zu seiner Rechten befand sich ein Loch im Boden, mit weiteren Verzierungen und Brandspuren drum herum. Warfen sie die Leichen dort hinein, um sie später zu verbrennen?

‚Tatsächlich ist das ein Wunderwerk der Technik‘, erklärte Allarand, ‚Schau nach oben.‘

Das tat ich. Wie alle anderen auch. Hoch über uns klammerten sich mehrere Linsen in verschiedenen Farben und Größen an die Decke als wären es kristalline Blattläuse. Kaum dass das Licht der vorbeiziehenden Sonne auf die Kuppel traf, begannen sie sich lautlos auf Metallringen und Zahnrädern zu bewegen.

Die Stimme der Hohepriesterin durchbrach die geisterhafte Stille und erinnerte an den Anlass und daran, warum dies alles für ihre Art so wichtig war.

Die erste Linse fing die Sonnenstrahlen ein, und als sie von einer Linse zur nächsten weitergereicht wurden, verstärkten sie sich zu strahlender Helligkeit. Schließlich ertönte das Brummen eines Schildes, und als alle Linsen aufgereiht waren, brannte sich ein einziger Strahl weißglühenden Sonnenlichts in einem Zylinder aus knisternder, haslargeschaffener Energie von der Decke bis in den Boden.

‚Was du siehst, sind tatsächlich zwei Energiefelder‘, erklärte Allarand, ‚Eines an der Außenseite, dann eine Vakuumlücke, dann der andere Schild und dann der Sonnenstrahl. Gäbe es kein Vakuum zwischen dem Strahl und uns, würde die Sonne diesen Raum aufheizen und jeden in 1,3298 Sekunden verdampfen lassen.‘

‚1,3298 Sekunden, was?‘

‚Mehr oder weniger. Außerdem würden deine Augen beim direkten Blick in das Sonnenlicht verbrennen, wenn die Linsen nicht einen bestimmten Farbbereich herausfiltern würden.‘

‚Verdammt‘, ein zitternder Atemzug entwich meiner Lunge, ‚Wohin geht diese ganze Energie?‘

‚Zum Kern. Sie wird alles in dieser Siedlung für eine Rotation mit Energie versorgen, genau so lange, bis die Sonne die richtige Position hat, um den Vorgang zu wiederholen.‘

‚Die Zeremonie dient also eigentlich nur dazu, die Batterie wieder aufzuladen?‘

‚Natürlich nicht. Die antiken Erbauer waren nur … mehrzweckorientiert.‘

‚Moment, Ihr meint doch eine lokale Rotation, oder?‘, fragte ich, nachdem sein nonchalanter Tonfall zu mir durchgedrungen war.

‚Nein, eine Standardrotation‘, seine Augenlichter flackerten kaum merklich, als er mir einen Blick zuwarf, ‚Die Antiker passten ihrerzeit die Rotation aller Haslarwohnwelten an, so dass diese mit den Rotationsverschiebungen der neuen Heimatwelt korrelieren würden. Inzwischen mag es geringe Abweichungen geben, aber die sind zu vernachlässigen. Die Abweichung der Rotation dieses Planeten liegt bei etwa 1,2503 Tagen.‘

Ich blinzelte.

BEI DER MUTTER! Wie bitte???

‚Die Antiker passten die Umlaufbahn dieses Planeten an, weil sie eine standardisierte Zeitrechnung durchsetzen wollten???‘, *wie war soetwas überhaupt möglich? Wie könnte ein Volk einen ganzen Planeten verschieben? Oder sogar mehrere?*

Allarand deutete ein nachsichtiges Kopfschütteln an, ‚Es geht nicht um die Zeitrechnung, es geht darum, das dieses Ritual überall zeitig durchgeführt werden kann.‘

Für einige Sekunden starrte ich ihn nur sprachlos an. Schließlich fragte ich, ‚Wann wurde dieser Tempel gebaut?‘

‚Vor etwa 15.329 Standardrotationen. Dies hier ist eine relativ neue Einrichtung.‘

‚SALZLÄUSE!‘, die Vorstellung, dass etwas so alt sein könnte, verblüffte mich. Mein Volk war noch nicht so alt, ‚Moment mal! Wissen DIE, wie und wieso das funktioniert?‘

Allarand lächelte ein kleines Lächeln.

Er verbeugte sich, als die Hohepriesterin seine Anwesenheit als eine große Ehre für die Zeremonie anerkannte.

‚Neige deinen Kopf, Augen zu Boden‘, wies er mich an.

Ich folgte seinem Beispiel.

Die Priesterin nickte.

Ihr Gefolge hatte sich aufgeteilt. Zwei der Männer standen noch immer hinter ihr, jeweils einen Schritt zur Seite. Die beiden anderen hatten sich vor den geschlossenen Türen postiert.

„Lasst uns beginnen“, die Priesterin gestikulierte. Einer ihrer Diener holte ein Datapad hervor, welches mit seinen goldenen Gravuren und dem glitzernden Gehäuse sehr zeremoniell aussah. Die Hohepriesterin nahm das Pad und las laut vor: „T'shiff, erste Tochter von T'Hss. Bitte tritt vor.“

T'shiff war ein schmächtiges kleines Ding.

Ihre Mutter hatte selbst nur drei Steine, also hatte sie wohl nicht viel, um das Mädchen oder sich selbst zu ernähren und zu kleiden. Die zeremoniellen Gewänder der beiden sahen sehr abgenutzt aus ... durch jemand anderen, wenn man von der schlechten Passform ausging. Sie verließen den Kreis der Anwesenden und traten auf die gegenüberliegende Seite des Tisches. Das Mädchen tat ihr Bestes, gerade zu stehen, doch ihre Glieder zitterten leicht.

„Es gibt keinen Grund, sich zu fürchten, T'shiff", die Stimme der Priesterin legte sich wie ein beruhigender Verband um mein Herz. Das Mädchen und seine Mutter atmeten sichtbar aus und hörten auf zu zappeln. Ein grüner Edelstein auf der Stirn der Priesterin funkelte einen Moment lang heller.

„Bitte wähle einen Stein."

Diener Nummer zwei trat um den Tisch herum und kniete nieder, so dass das Mädchen in die Schatulle sehen konnte, welche er ihr hinhielt. Das Sonnenlicht spiegelte sich in dem kristallinen Material, aus dem sie gemacht war, und Hunderte von kleinen Edelsteinen, welche in dem Kästchen lagen, saugten es gierig auf, um es dann als eine Fontäne funkelnden, vielfarbigen Lichts wieder in den Raum hinauszuschleudern.

„Wooooow ...", hauchte ich.

Die winzige Hand des Mädchens griff in die Schatulle, ihre Fingerspitzen streiften über die Steine. Sie hielt eine Sekunde inne, fuhr fort, hielt inne.

„Lass dir Zeit, T'shiff. Einer von ihnen wird für dich singen. Wähle diesen", sagte ihre Mutter.

‚Was bedeutet das?', frag-dachte ich, ‚Ist es Aberglaube, oder können sie tatsächlich eine Art Verbindung zu diesen Dingern spüren?'

‚Es ist kein Aberglaube. Jeder Stein entschlüsselt einen anderen genetischen Code. Doch nicht alle Haslar haben die gleichen Gene. Wenn also ein Stein zu den ihren passt, können sie das spüren. Es ist ein eigenartiges Gefühl. Ich schätze, du würdest es mit der Berührung einer sehr schwachen elektrischen Stromquelle vergleichen.‘

Flinke Finger umschlossen einen blauen Stein, und nach einem letzten zögerlichen Herzschlag fischte das Mädchen ihn heraus, woraufhin der Diener die Kiste schloss und sich zurückzog. Vor dem Tisch befanden sich Stufen, sie reichten jedoch nicht hoch genug. Ihre Mutter musste T'shiff hochhelfen. Das Mädchen legte sich hin und hielt den Stein in ihren Händen wie eine Opfergabe.

Mit geübter Effizienz machte die Priesterin einen kleinen Einschnitt in die Stirn des Mädchens. Dann nahm sie den Stein entgegen und legte ihn in die Wunde.

Einen Moment lang geschah nichts.

Der Raum hielt den Atem an. Vielleicht kam es aber auch nur mir so vor. Jedenfalls war es furchtbar still.

Allarands Augen funkelten, als ich meinen Blick auf ihn richtete. Er nickte mit dem Kinn in die Richtung des Mädchens.

‚Schau hin.‘

Ich wollte nicht.

Das Blut um den Stein begann zu kochen. Der Schnitt weitete sich und ließ den Edelstein einsinken, bis er etwa zur Hälfte eingebettet war. Dann schien sich die Haut um ihn herum zu schließen, zu verhärten und den Stein fest an seinem Platz zu halten.

Tränen rannen wie kleine Flüsse über das Gesicht des Mädchens. Aber sie schrie nicht auf. Ihre Mutter, die ehrfürchtig einen Schritt vom Tisch weggetreten war, sprang zurück an ihre Seite und half ihr, sich aufzusetzen.

Sie umarmten sich. T'Shiff klammerte sich an ihre Mutter wie eine Baumschlange und vergrub das Gesicht in deren Halsmulde.

Die Priesterin sagte ein paar Worte darüber, dass das Mädchen die uralte Prüfung der Steine bestanden habe und nun ein Teil der Gesellschaft sei, und bla, bla, bla …

Nachdem sie eine formelhaft klingende Erwiderung geäußert hatte, trug T'Hss ihr Kind fort. Sie blieb aber nicht wieder bei den anderen stehen, sondern durften die erste Stufe erklimmen, welche bis jetzt leer gewesen war, und Teil des Publikums sein. Teil der Gesellschaft, schätzte ich. Immerhin war auch der Status der Frau als bewährtes Mitglied ihres Volkes für die Dauer dieser Prüfung ausgesetzt worden, oder nicht? Wäre es ihr Drittes gewesen und wäre das Mädchen gestorben, so hätte man der Mutter diesen Status aberkannt. Oder ihn erheblich herabgesetzt? Den Teil mit dem Sklavenstein hatte ich immer noch nicht so recht verstanden.

Bei den folgenden vier Kindern verlief das Verfahren sehr ähnlich. Die meisten stiegen aus eigener Kraft auf den Tisch, da sie alle größer waren als T'Shiff. Einem von ihnen entglitt sein Stein, und der Diener musste ihn aufheben. Dies schien Unglück zu bringen oder peinlich zu sein oder sowas, denn die Leute schüttelten die Köpfe und begannen zu tuscheln. Die Haut des Jungen färbte sich dunkler, als er sich hinlegte. Ein Mädchen sprang wie eine Turnerin auf den Tisch hinauf. Sie brauchte keine Hilfe von ihrem Vater, und als sie fertig war, stolzierte sie auf ihren neuen Platz, ohne sich umzudrehen, mit einem etwas wackeligen Gang und hoch erhobenem Kopf. Das Publikum liebte sie.

Dann starb das erste Kind.

KAPITEL ZWÖLF

EINE WICHTIGE FRAGE

Er war ein kleiner Junge. Seine Haut schien matter als die der anderen Kinder, und ein kleiner Buckel verunstaltete seinen Rücken.

Einige Blicke senkten sich mit dem Wissen über das, was sie schon öfter gesehen hatten. Die Frau, die ihn begleitete, tat dies mit der Beweglichkeit und Anmut einer Raubkatze. Ihre Augen glichen schwarzen Diamanten, als sie den Jungen zum Tisch trieb. Er wandte sich in ihrem Griff, doch sie hielt ihn fest an der Schulter gepackt und schob ihn unbarmherzig vorwärts.

„Ich will nicht wählen!“, kreischte er, als der Diener ihm die Schatulle hinhielt.

„Wenn du es nicht tust, dann mache ich es“, zischte die Mutter, „Das haben wir doch besprochen! Es ist ohnehin egal, also willst du krank werden und einen schrecklichen, langsamen Tod sterben, oder willst du es schnell und schmerzlos hinter dich bringen?“

Der Junge blickte zu Boden; Tränen rannen in leisen Rinnsalen über seine Wangen.

„Wähle, P’shik!“

Der Junge streckte seine zitternde Hand aus und nahm einen der Steine, ohne hinzuschauen, ohne zu überlegen. Er presste ihn an seine Brust, und seine Knöchel wurden weiß, als seine Mutter ihn hochhob und auf dem Tisch platzierte.

„Du bist sehr tapfer", beteuerte die Hohepriesterin und streichelte seine Wange, „Es wird schnell gehen. Du brauchst keine Angst zu haben."

Das Zittern des Jungen stoppte abrupt und er öffnete seine Hand, um den Kristall herauszugeben. Der plötzliche, glasige Ausdruck in seinen Augen sorgte dafür, dass sich meine Federn aufstellten.

Mit sanfter Sorgfalt vollführte die Priesterin den Einschnitt und setzte den hellvioletten Stein ein.

Die Mutter behielt ihn die ganze Zeit über im Auge. Ich hatte jedoch das Gefühl, dass ihre Seele eine Galaxie weit weg war.

‚Was genau würde geschehen, wenn der Junge nicht gewählt hätte?', frag-dachte ich, um mich von dem abzulenken, was wahrscheinlich als Nächstes passieren würde.

‚Wie sie sagte, spielt es keine Rolle. Der Junge würde trotzdem sterben. Es wäre ein schmerzhafter und langwieriger Prozess, bei dem sich die Gene zersetzen und der Körper auf molekularer Ebene verflüssigt. Seine Nerven würden wahllos feuern und ihn in einem Zustand dauerhafter Qual halten, bis er stirbt. Das kann sich über Wochen hinziehen. Ihn dazu zu zwingen, den Stein zu empfangen, ist das Beste, was sie tun kann. Und es ist das Einzige, was sie tun darf.'

Ich presste meine Fäuste und meinen Schnabel fest zusammen, um sie im Einklang mit meiner ‚kein Zittern vor den Haslar'-Politik zu halten. Die Fingerspitzen des Allwissenden strichen über meinen Handrücken.

Ein Außenstehender hätte darin vielleicht eine zufällige Bewegung gesehen. Ich wusste es besser. Es gehörte sich nicht, dass ein Wächter/Meister die Hand einer Sterblichen/Dienerin ergriff und sie zur Unterstützung festhielt. Das hieß aber nicht, dass er es nicht wollte.

Der Junge P'shik schloss die Augen. Sein Blut begann zu kochen, so wie bei den anderen Kindern. Dann gab es einen *Knack*. Violettes Licht flackerte im Kristall und sprühte Funken in die silbrige Flüssigkeit hinaus. Das Blut kochte nicht mehr. Der Junge blinzelte. Einmal. Zweimal. Dann durchfuhr ein Schauer die kleine Gestalt. Ein letzter Atemzug entfloh durch seine leicht geöffneten Lippen. Seine Augen erstarrten. Sein Brustkorb hob und senkte sich nicht mehr. Es herrschte nur noch Stille. Völlige, unnatürliche Stille. Ich sah eine einzelne Träne im rechten Auge der Mutter schimmern, als sie die leere Hülle aufhob und zum Lichtstrahl hinüberging.

Das Brummen der eingeschlossenen Energie war alles, was man hören konnte. Sie starrte in die Helligkeit und hielt ihren Sohn noch eine Sekunde lang an sich gepresst, bevor sie den Körper hineinwarf. Eine anmutige Bewegung ihrer zierlichen Gestalt, und der Junge passierte die Kraftfelder und verschwand im Licht.

Die Frau verharrte noch einen Moment und beobachtete den Strahl. Dann trat sie beiseite und gesellte sich zu den Zuschauern.

Schließlich war es erst ihr erstes Kind gewesen.

Es gab drei weitere Todesfälle, welche alle in respektvollem Schweigen begangen wurden. Insgesamt überlebten 31 Kinder und traten in die Gesellschaft ein.

Nun waren Cu'Lar und ihre Tochter, Peitschenmädchen, dran. Selbst wenn ich den gleichen Sprechapparat wie sie gehabt hätte, glaube ich nicht, dass ich den wahren Namen des Mädchens hätte aussprechen können. Nicht einmal, wenn mein Leben davon abgehangen hätte.

Es schien kein Zufall, dass die beiden das vorletzte Paar bildeten.

H'Gar'esh und R'sal waren die Letzten. Die ganze Zeit über waren sie so ruhig, man hätte sie mit einigen der hübschen Statuen von Kriegern und Priesterinnen im Nebenraum verwechseln können.

„Cu'Lar. Dies ist dein drittes Kind, ist das richtig?", fragte die Hohepriesterin.

Cu'Lar nickte, „Das ist es, Eure Exzellenz."

„Die anderen Kinder haben nicht überlebt."

„Dieses wird es. Sie ist stark!"

‚Was ist? Was siehst du?', Allarands Stimme geisterte durch meine Gedanken, als diese versuchten, sich ein genaues Bild von dem zu machen, was eigentlich nur eine vage Ahnung war. Wie zu wenige Puzzleteile, die versuchen, ein Bild in einem zu großen Rahmen zu ergeben.

‚Ich bin mir nicht sicher. Ich habe das Gefühl, dass etwas dieses Mädchen sehr, sehr nervös macht. Ich meine, sie ist selbst für diese Situation viel zu nervös.'

‚Sie zeigt keine offenen Anzeichen für mehr als das moderate Maß an Stress, welchen diese Situation zwangsläufig verursacht', widersprach er, etwas halbherzig.

‚Ich weiß nicht, was es ist, aber irgendetwas stimmt nicht. Ich denke aber, das Mädchen weiß es.'

Der Wächter musterte das Kind, während Priesterin und Mutter begannen, unter dem Deckmantel der Förmalitäten Beleidigungen auszutauschen.

Teile des Publikums wurden unruhig, als der Prozess aus dem Ruder lief.

Schließlich nickte Allarand unmerklich.

„Hohepriesterin", warf er in eine kurze Gesprächspause ein, welche die Frauen mit einem Anstarrwettbewerb überbrückten. Er verbeugte sich mit der agilen Leichtigkeit völligen Verstehens.

„Ja, Allarand. Du darfst sprechen", die Priesterin spiegelte die respektvolle Geste.

„Ich möchte diesem Mädchen eine Frage stellen."

Ein Gemurmel ging durch die Menge. Die Hohepriesterin machte einen kleinen Schritt zurück, als hätte Allarand sie gerade geschlagen. Das Mädchen blinzelte wiederholt. Die Diener sahen die Priesterin an. R'sal blieb der Mund offen stehen. H'Gar'eshs Brauen zogen sich zusammen.

Cu'Lar ergriff als erste das Wort.

„Das ist höchst ungebührlich!", zeterte sie, „Ihr könnt das nicht zulassen!", sie sah die Priesterin an, „Dies ist eine Haslarzeremonie! Er ist nur als Beobachter hier!"

Die Priesterin nickte langsam, „Das ist wahr. Allarand, Euer Anliegen ist unangemessen und ohne Beispiel."

Mit einer erneuten Verbeugung erklärte der Wächter: „Das verstehe ich, ehrenwerte Hohepriesterin. Doch als Teil der Großen Neutralität ist es meine Aufgabe, Wissen zu sammeln, damit meine Rasse das Universum besser versteht. Manchmal können kleine Dinge von entscheidender Bedeutung sein und uns über größere Zusammenhänge aufklären. Und es ist für alle üblich, unsere Fragen zu beantworten."

Die Priesterin lächelte, „Das ist es allerdings. Ihr dürft Eure Frage stellen."

„Aber–"

„Schweig, Cu'Lar!"

Allarand verringerte den Abstand zu dem Mädchen und kniete nieder, so dass ihre Augen auf gleicher Höhe waren.

„Liebes Kind", er sprach sie mit demselben respektvollen Ton an wie die Priesterin, „Für deine ehrliche Antwort auf eine meiner Fragen darfst du mir eine Gegenfrage stellen. Du darfst mich alles fragen. Du musst verstehen, dass ich nicht alle Fragen beantworten kann. Trotz unseres Respektstitels sind wir nicht allwissend. Wären wir es, wäre es schließlich sinnlos, Fragen zu stellen."

Er schenkte dem Mädchen ein sanftes Lächeln, und sie schien sich ein wenig zu entspannen. Ich erinnerte mich daran, wie er mir diesen Vortrag gehalten hatte. Unbegrenztes Wissen stellte ein Versprechen dar, das sehr … einschüchternd sein konnte. In den Wirren des Lebens war es schwer, die richtige Frage zu finden. Was war die eine Sache, die man einfach wissen *musste*? Das war schließlich für jeden von uns ganz unterschiedlich …

„Verstehst du?"

Peitschenmädchen nickte.

„Hier ist also meine Frage: Wie alt bist du, Kind?"

Das Mädchen hörte auf zu zappeln und atmete aus.

Cu'Lar setzte zum Sprechen an. Auf eine kleine, scharfe Geste der Hohepriesterin hin verpasste der Kerl mit der Kiste der unerträglichen Krähe einen ordentlichen Hieb. Allein vom Hinsehen hörte ich Glocken läuten. Alles ging lautlos über die Bühne. Das Mädchen bemerkte es gar nicht. Sie blickte einmal auf ihre Füße, dann wieder in Allarands Augen.

„Vier Rotationen", gestand sie.

R'sals Augen weiteten sich. H'Gar'esh sah Cu'Lar an,

bevor das irgendwer sonst tat. Die Leute begannen zu tuscheln.

Die Edelsteine auf beiden Stirnseiten der Hohepriesterin trafen sich in der Mitte und klirrten mit dem Großen zusammen. Es war die melodischste Missbilligung, die ich je erlebt hatte. Sie schnippte mit den Fingern, und einer der Diener hob die benommene Cu'Lar hoch und warf sie wie eine Stoffpuppe auf den Steintisch.

„Erkläre!", zischte die Priesterin. Ein blauer Edelstein auf ihrer linken Stirnhälfte begann pulsierend zu leuchten.

„Nein", murmelte Cu'Lar. Einer ihrer eigenen Edelsteine, ein gelber, aktivierte sich in stummer Abwehr. Die Helligkeit beider Steine nahm rasant zu. Alle in der Nähe des Tisches traten hastig einen Schritt zurück.

„Anmaßung! Du wirst dich meiner Autorität beugen!", knurrte die Priesterin und schloss ihre Hand um die Kehle der anderen, „In den Aufzeichnungen steht, dass du vor fünf Rotationen ein Kind bekommen hast. Dieses Kind sagt, es sei erst vier. Was geschah mit deinem dritten Kind? War es missgebildet? Hast du es getötet?"

Ich konnte nicht hinsehen, es war zu hell. Ich drehte den Kopf und schirmte meine Augen mit dem Arm ab, während Allarand das Gesicht des Mädchens an seine Brust drückte und H'Gar'esh R'sal an sich zog. Beide schauten zu, als wäre das Licht nur das Leuchten eines milden Sommertages.

„ICH WERDE MICH NICHT BEUGEN!", schrie Cu'Lar, „Ich habe mich mein ganzes Leben lang gebeugt! Ich bin stark! So stark wie du! Ich verdiene es zu leben!"

„Du verdienst es, für deinen Betrug ausgepeitscht zu werden! Ist dieses Mädchen überhaupt dein Kind?"

„Ja! Ja, das ist sie! Sie ist makellos und rein! Ihre Gene sind stark, genau wie meine!"

„Warum riskierst du dann ihr Leben, indem du sie eine Rotation zu früh an den Tisch bringst?", forderte die Priesterin zu wissen.

„Welche Wahl habe ich denn? Ich muss doch ein Kind präsentieren, oder nicht? Ich bin nicht wie deine idiotische Schwester, die ein missgebildetes Kind präsentiert, wenn ihr Leben auf dem Spiel steht!"

Ein leises Knistern ertönte. Es war das Geräusch, das ein ausgehöhlter Ast macht, wenn man mit dem Fuß darauf tritt, nur um dann festzustellen, dass es nicht sicher ist, ihn zu belasten.

Es folgte ein erstickter Laut. Die Priesterin zischte etwas. Schließlich dröhnte ein lautes Knacken durch die Halle. Das gelbe Licht erlosch. Für ein paar Herzschläge war alles nur noch blaue Lumineszenz. Ich hörte, wie H'Gar'esh zwei Schritte auf den Tisch zuging. Ich konnte die Knochen in meinem Arm als dunkle Formen vor meinen geschlossenen Augenlidern sehen, die Kiele meiner Federn schwebten als dünne Linien darüber.

Dann begann das Licht zu schwinden. In wenigen Sekunden waren davon nur noch ein paar in meinem Blickfeld tanzende, blaue Funken übrig.

Als meine Augen sich wieder fokussieren konnten, erkannte ich H'Gar'esh, ihre rechte Hand um die Schulter ihrer Schwester gelegt, während ihre Linke deren krallenartigen Griff von Cu'Lars Kehle löste. Der Arm, den sie zurückleitete, war von langen Nägeln aufgerissen, silbriges Blut lief in kleinen Rinnsalen daran herab. Der Körper auf dem Tisch zuckte nahezu willkürlich. Cu'Lars Augen waren offen, aber nichts sehend. Ihr Atem klang gezwungen. Blut floss aus der Stelle, an welcher der gelbe Edelstein über ihrem rechten Auge gesprungen war. Ein sauberer Riss genau durch die Mitte. Der Raum dazwischen hatte sich mit Silber gefüllt, das wie zähflüssige Tränen die Vertiefung um ihr Auge herum und an der Seite ihres Gesichts hinunterlief.

„Das ist nicht recht", flüsterte H'Gar'esh, „Es ist nicht ehrenhaft."

Ihre Schwester hielt ihrem Blick ganze fünf Sekunden stand, bevor sie sich abwandte.

„Du hast recht", stimmte sie zu, „Kind, komm her."

Peitschenmädchen schien sich am liebsten in Allarand verkriechen zu wollen. Doch dann warf sie einen Blick auf die niedergestreckte Gestalt ihrer Mutter und richtete sich auf. Sie trat an die gegenüberliegende Seite des Tisches und verbeugte sich vor der Priesterin.

„Weißt du, was mit deinem Geschwisterchen geschehen ist?"

„Ich weiß nur, was sie mir gesagt hat, Hohepriesterin. Sie sagte, meine Schwester sei missgebildet gewesen und sehr plötzlich verstorben. Sie sagte, dass ich kurz danach geboren wurde. Sie ...", das Mädchen knetete den Saum ihrer Tunika in ihren winzigen Händen, „Sie sagte, sie würde mich eigenhändig umbringen, wenn ich nicht eine Rotation früher käme, um meinen Stein zu erhalten. Sie sagte, sie hätte es schon einmal getan. Ich ... ich glaube, sie hat meine Schwester getötet. Ich weiß es nicht, aber ich glaube, sie hat es getan. Bitte, Eure Exzellenz! Bitte tötet mich nicht!"

Die Priesterin schüttelte traurig den Kopf. Ihre Augen wirkten gequält und unruhig, „Nichts hiervon ist deine Schuld, Kind. Du hast nichts zu befürchten. Du wirst in ein geeignetes Heim geschickt und in einer Rotation zurückkehren, um deinen ersten Stein zu wählen."

„Vielen Dank, Eure Exzellenz!", das Mädchen verbeugte sich erneut.

Die Priesterin nickte, „Allarand, solltest du deine Meinung zu dieser Situation mitteilen wollen, so wäre jetzt der richtige Zeitpunkt dafür."

„Es ist eine traurige Tatsache, dass ein solches Verhalten bei eurer Art von Zeit zu Zeit zu beobachten ist", räumte er ein.

Allarand, die Diplomatie in Person.

„Und in Anbetracht dessen, was Ihr gesehen und gehört habt, unter Berücksichtigung Eures Wissens und Eurer Erfahrung, glaubt Ihr, dass diese Frau schuldig ist, ihr drittes Kind getötet zu haben."

Allarand ließ sich Zeit, betrachtete Cu'Lar, das Mädchen und die Hohepriesterin eingehend, bevor er mitteilte: „Ich schätze die Wahrscheinlichkeit, dass sie das Kind vorsätzlich tötete, auf etwa 32 %, die Wahrscheinlichkeit, dass sie das Kind aus Fahrlässigkeit tötete, auf 46 %,–"

„Eure Definition von ‚Fahrlässigkeit'", warf die Priesterin ein.

Sie machte jede Frage zu einer Aussage, wahrscheinlich um die Regel nicht zu brechen, die vielleicht gar keine war. Das jeder nur *eine* wichtige Frage stellen durfte. Dies war immer noch ein Gespräch und Allarand hätte ihr sowieso geantwortet.

Rückblickend glaube ich, dass er ihr sogar noch mehr gesagt hätte, um ihre spätere Kooperation aufzuwiegen.

Außerdem waren sie alte Bekannte; wer wusste schon, welche Schulden sich im Laufe der Jahre in dieser Beziehung angesammelt hatten ...

„Zum Beispiel, dass jemand sich nicht ausreichend um die Vermeidung von Unfälle, Unterernährung oder Krankheiten kümmert."

„Fahrt fort."

„... die Wahrscheinlichkeit, dass das Kind aufgrund

seiner verdorbenen Gene oder anderer Faktoren starb, auf 18 % und die Wahrscheinlichkeit, dass jemand anderes das Kind um der Mutter willen tötete, auf etwa 4 %.“

Die Priesterin starrte in die Ferne, während sie über diese Worte nachdachte. Einer der Diener war herangetreten, säuberte und verband ihren Arm so unauffällig, dass er Teil des Hintergrunds hätte sein können.

„Hohepriesterin“, bemerkte H’Gar’esh, „die Sonne zieht vorüber. Ihr müsst die Zeremonie beenden.“

Die Blicke der Schwestern trafen sich für einen weiteren langen Moment, bevor die Priesterin ihren Neffen ansah. Sie senkte unmerklich den Kopf, erneut an die unschöne Aufgabe erinnert, welche ihr Pflicht und Position auferlegten.

„Ja, natürlich“, sie schüttelte es ab, trat um den Tisch herum und wandte sich an ihr Volk.

„Es ist mein Urteil, dass diese Weibliche, Cu’Lar, den Tod ihres dritten Kindes verursacht hat, weil sie es für missgebildet und unwürdig erachtete. Da wir ohne weitere Untersuchungen nicht feststellen können, ob sie es absichtlich oder aus Nachlässigkeit tötete, werden wir sie zuerst für ihre anderen Verbrechen richten. Sie hinterging ihre Priesterin und ihr Volk, indem sie versuchte, uns zu täuschen, indem sie ein Kind an den Tisch brachte, das zu jung war, um ihren ersten Stein zu erhalten. Sie hat auch die Gehilfin einer Einheit der Großen Neutralität attackiert und verletzt, einer Einheit, welcher ich persönlich die Gastfreundschaft und den Schutz unseres Planeten zugesichert hatte. Und sie hat mich, ihre Hohepriesterin, angegriffen, wie ihr alle bezeugen könnt. Derart unverhohlener Ungehorsam und Missachtung der Regeln und Traditionen, nach denen unser Volk seit Jahrtausenden lebt, kann nur mit der ultimativen Strafe geahndet werden!“

Sie schnippte mit den Fingern. Zwei der Diener bewegten sich zum Tisch und hielten die immer noch halb bewusstlose Cu'Lar fest. Die Priesterin griff in ihr Gewand und zog ein kleines Kästchen hervor.

„Cu'Lar, verstehst du dein Verbrechen und deine Strafe?", fragte sie, als sie an den Tisch herantrat. Die andere Frau wurde sehr unruhig, aber sie war immer noch zu verwirrt, ihre Bewegungen träge und unkoordiniert.

„Zu schade", flüsterte die Hohepriesterin. Dann riss sie mit ihrem Fingernagel eine hässliche Linie in die Mitte von Cu'Lars Stirn, öffnete das Kästchen und nahm einen großen Kristall in Form eines Halbmondes heraus. Nein, kleine gezackte Zähne zierten die konvexe Rundung des Kristalls. Es sollte eine Sonne darstellen, zumindest die Hälfte von einer. Als ob sie beschattet wäre.

Cu'Lar schrie vor Trotz und Wut. Die großen Muskeln der Männer, welche sie festhielten, spannten sich sichtlich. Die Priesterin packte ihren Kopf, knallte ihn auf den Tisch und drückte dann den Kristall in die Wunde. Cu'Lars Schrei wurde noch lauter, ihr Gesang wechselte zu Verzweiflung und Trauer. Als ihr Blut kochte, erloschen ihre anderen Steine, ihr Körper entspannte sich und ihre Stimme verstummte. Und ihre Augen ...

,Ihre Augen ...', flüsterte ich in meinem Kopf, ,Sie sind einfach ... leer. Was haben sie mit ihr gemacht?'

Die Diener traten zurück. Die Priesterin begutachtete ihr Opfer und nickte. Einer der Männer nahm die Frau bei der Hand.

„Komm", sagte er. Und sie tat es. Sie stand auf und ließ sich von ihm wegführen. Kein Ausdruck belebte ihr Gesicht, ihren Gang oder ihre Haltung ... nichts. Sie war wie eine leere Hülle.

‚Man nennt es einen Sklavenstein. Er nimmt einer Haslar den Willen, macht sie gefügig‘, erklärte Allarand.

‚Ich habe davon gehört. Was ... was werden sie mit ihr machen?

‚Sie wird zur Arbeit eingesetzt, wahrscheinlich in einer speziellen Fabrik oder in einem privaten Haushalt. Da bei Sklaven anderer Rassen immer die Gefahr einer Rebellion besteht, werden Haslarsklaven eingesetzt, wenn absoluter und unbedingter Gehorsam gefragt ist. Es ist üblich, Leute wie sie auf andere Planeten zu verschiffen. Es verringert die Wahrscheinlichkeit, dass Leute, die sie kannte, ihr begegnen und ... beunruhigt werden.‘

‚Wie können ... wie können Haslar die halbe Galaxie versklaven, wenn dies ihre schlimmste Strafe ist? Wenn es das ist, was sie am meisten fürchten, was sie verstecken und nicht zu sehen versuchen?‘

‚Eine interessante Frage‘, bemerkte Allarand, ‚Darüber werde ich zu einem späteren Zeitpunkt nachdenken müssen.‘

Plötzlich wandte er sich um, „Wartet!“

Der Diener, welcher Peitschenmädchens Hand genommen hatte, um sie wegzuführen, erstarrte augenblicklich. Mit Unbehagen sprang sein Blick vom Allwissenden zu seiner Herrin und wieder zurück. Die Hohepriesterin bemerkt es nicht. Sie gab seinem Kollegen, welcher die Mutter abführte, leise Anweisungen, und Allarands Stimme war scharf, aber ruhig gewesen.

Ein zweites Mal kniete der Allwissende vor dem Mädchen nieder.

„Wie lautet nun deine Frage?“, erkundigte er sich, als wäre nichts Nennenswertes geschehen, seit ihr Gespräch zuvor so unsanft unterbrochen worden war.

Peitschenmädchen blinzelte.

Einmal.

Zweimal.

Dann streckte sie ihm ihre Hand entgegen, „Wie korrupt sind meine Gene?"

Sie zuckte nicht zurück, als er ihre Hand nahm und mit seinen langen Fingern darüber strich.

„3,962 % deiner Gene sind korrumpiert", urteilte er nach einem Moment, „Ich vermute, du wirst es sehr weit bringen, wenn du so vorsichtig und gerissen bleibst wie bisher und deine Steine, deine Freunde, deine Verbündeten und deine Feinde weise wählst."

Sie nickte mit ernster Miene.

„Ich danke Euch, ehrenwerter Wächter", sie legte ihre Hände flach auf ihre Brust, „für alles."

Allarand erwiderte die Geste mit einem Lächeln. Sobald er sich aufrichtete, führte der Diener das Mädchen beiseite. Er bedeutete ihr, sich vor die erste Reihe zu stellen, mit dem Rücken zum Publikum. Dann verblieb er neben ihr, wie ein Leibwächter.

‚3,962 %, das ist doch sehr, sehr gut, oder?', fragte ich meinen Meister.

‚Die aktuelle Haslarkönigin hat eine Korruption von 3,249 %.'

‚Peitschenmädchen könnte Königin werden? Bestimmt das dieses Gendings? Wird nicht die Tochter der Königin zur neuen Königin?'

Etwas, das einem Lachen sehr nahe kam, geisterte durch meinen Kopf, ‚Die Haslarkönigin ist unfruchtbar. Wenn sie sich stark genug fühlt, kann ihre Stellvertreterin versuchen, die Königin zu töten. Wenn ihr das gelingt, wird sie die neue Königin.'

‚Was muss man denn tun, um stellvertretende Königin zu werden?'

‚Man muss den Stein überleben, welcher mit der Position einhergeht, und gut darin sein. Nur 5,3 % aller Haslarfrauen sind rein genug, um diesen Stein zu überleben. Seine Einbettung verleiht große Kräfte, macht sie aber auch unfruchtbar.‘

Diese Haslar waren schon ein verrückter Haufen. Ernsthaft, wer lebte denn so? Wie konnte sich das alles natürlich entwickeln? Aber das hatte es ja nicht. Die antiken Haslar hatten ihr Volk auf diese Weise neu erschaffen, als es am Rande der Ausrottung stand. So hatte es mir Allarand erzählt.

‚Hey, was ist eigentlich mit diesen Antiken passiert?‘, fragte ich.

‚Später. Es ist Zeit.‘

Zeit für was?

Ich blickte zurück zum Tisch.

Oh, nein …

KAPITEL DREIZEHN

EIN GEWÄHLTES SCHICKSAL

R'SAL SASS AUF DEM TISCH UND HIELT DIE HÄNDE seiner Mutter in den seinen. Sie flüsterte etwas, und er schenkte ihr ein beruhigendes Lächeln. Mit einem letzten Kuss entließ er ihre Finger. Der Diener präsentierte ihm die Schatulle und R'sal nahm sich viel Zeit dabei, die Steine abzutasten. Schließlich entschied er sich für einen grünen. Als er sich hinlegte, trafen sich die Blicke der beiden Schwestern. Eine Botschaft, deren Bedeutung ich jedoch nicht entschlüsseln konnte, ging zwischen ihnen hin und her.

Die Hohepriesterin nahm den Edelstein entgegen und führte den Einschnitt durch. Ihre Hand schien eine Sekunde lang zu zittern, bevor sie ausatmete und ihn ganz vorsichtig einlegte.

„Ich werde zu den Sternen gehen", flüsterte R'sal seiner Mutter zu. Sie nickte.

Sie umfasste erneut seine Hand, hielt sie fest in ihrer, bis sie erschlaffte. Beide Schwestern senkten das Haupt. Diener und Zuschauer folgten ihrem Beispiel.

H'Gar'esh hob den Körper ihres dritten Kindes auf, als hätte er kein Gewicht. Sie trat in aller Ruhe an den Sonnenstrahl heran und starrte einen langen Moment in dessen blendendes Herz. Dann ließ sie ihren Blick ein letztes Mal durch den Raum schweifen. Überall, wo sie hinsah, standen die Anwesenden auf, legten beide Hände auf ihre Brust und verneigten sich tief.

H'Gar'esh nickte dankend, drückte R'sal an sich, dann ließ sie sich ins Licht fallen und verschand.

Es verging eine gefühlte Ewigkeit, bis die Hohepriesterin einige blumige Schlussworte sprach und die alten und neuen Mitglieder der Gesellschaft entließ. Die Ränge leerten sich in respektvoller Stille. Sogar die Diener gingen.

Allarand und die Priesterin standen wie Felsen, die nach dem Zurückweichen der Flut übrig geblieben waren.

Schließlich waren wir allein und Allarand sprach zuerst.

„Euer Verlust tut mir sehr leid", sagte er.

Die Priesterin nickte bestätigend.

„So wie mir der Eure", erwiderte sie, „Es ist bedauerlich, dass Ihr Euch entschieden habt, so früh zu gehen. Wir hatten heute kaum Zeit miteinander zu reden."

„Ich verstehe, aber es ist ein geeigneter Zeitpunkt. Und es ist ja nicht so, als würde ich komplett verschwinden."

„Nein, Teile der Großen Neutralität gehen nie verloren, so sagt man."

Er schüttelte den Kopf, „Manche sind schwieriger zu erreichen als andere, das ist alles."

Sie betrachteten mich. Ich hatte das Gefühl, dass sie in meinen Augen nach einer Antwort suchte. Ich konnte sie jedoch nicht geben, da ich die Frage nicht kannte, „Ich hoffe, du bist sein Vertrauen in dich wert."

Da ich nicht wusste, was ich darauf erwidern sollte, senkte ich nur den Kopf.

Ihr Augenmerk richtete sich gen Himmel.

„Ihr habt noch 17 Minuten", informierte sie, wandte sich ab und ging.

„Was sollte das denn?", flüsterte ich.

„Unwichtig", Allarand drehte sich mir zu, „Was hast du heute gelernt?"

„Die Haslar haben eine verkorkste Gesellschaft."

Der Wächter betrachtete mich eindringlich, als wollte er beobachten, wie die einzelnen Neuronen in meinem Gehirn feuern.

Er nickte, „Ja."

„Aber das ist nicht die Antwort auf meine Frage, oder? Dies ist nicht das größte Geheimnis, das Ihr kennt."

„Nein."

„Also, können wir dann gehen, Meister Allarand?"

„In etwa 12 Minuten und 42 Sekunden. ERSTE FRAU, DIE IM FREIEN HIMMEL FLIEGT, ich habe selten jemanden getroffen, der so aufmerksam und einfühlsam ist wie du. Ich glaube, du weißt gar nicht, welch seltene Gabe du hast. Heute war ein Test und du hast bestanden. Du hast jetzt eine Wahl."

Ich war so verblüfft von seiner plötzlichen Direktheit, dass ich einen Moment brauchte, um die Veränderung zu bemerken. Wir schritten auf den Lichtstrahl zu, aber es war nicht ich, die mich bewegte. Ich hatte keine Kontrolle über meine Gliedmaßen.

„Allarand, was passiert hier?"

„Du hast heute Dinge gelernt, die kein Außenstehender jemals von diesem Ort forttragen darf."

Panik stieg in mir auf, als das Licht des Strahls mein gesamtes Sichtfeld ausfüllte. Ich versuchte, wegzulaufen, den Kopf zu drehen, zu zucken.

Nichts passierte.

Mein Körper wankte nicht in seiner Absicht.

Es war dieses Ding in meinem Kopf! Mit seiner Hilfe hatte Allarand mein Gehirn übernommen und steuerte mich nun wie eine Marionette!

„Ihr werdet mich umbringen!", wurde mir schlagartig klar.

„Ja. Es tut mir sehr leid, aber es ist notwendig und an diesem Punkt unvermeidlich."

„Aber ... Aber Ihr habt mich gerettet!"

Und ich hatte ihm mein Leben aus freien Stücken angeboten. Ein distanzierter, berechnender Teil meines Verstandes begriff nun, wie töricht es gewesen war, mich ihm zu verschreiben, ohne die Konsequenzen dieser Tat genau zu kennen.

Tränen stiegen mir unaufgefordert in die Augen und rollten über meine Wangen. Sie verwandelten sich in Dampf, bevor sie mein Kinn erreichen konnten. Hitze brutzelte auf meinen Federn.

„Warum?", keuchte ich. Meine Haut fühlte sich trocken und zu eng an. So wie ich mich vermutlich gefühlt hätte, wäre ich an jenem herrlichen Tag vor so langer Zeit länger in Vaters Augen verblieben. Lange vor all dem Wahnsinn und den Veränderungen.

„Warum tut ihr das? Ich werde es niemandem sagen, das wisst ihr doch! Bei der Mutter, warum habt ihr mich hierher befohlen, wenn ihr mich danach töten müsst?", mir schoss ein Gedanke durch den Kopf, „Hey! Das ist nicht fair! Ihr könnt mir nicht die Antwort geben und mich dann umbringen! Ihr habt mir den Vortrag gehalten! Ihr–"

„Du hast mich gebeten, dir die Wunder des Universums zu zeigen. Du hast mich gebeten, dir das größte Geheimnis zu verraten, das ich kenne. Hier ist es. Dies sind Ort, Zeit und Umstände, um es zu verstehen. Höre nun MEINE Frage."

Wir blieben stehen und wandten uns einander zu. Das gelbe Licht seiner Augen schimmerte intensiv, wenngleich es im Verhältnis zum Sonnenstrahl stark gedämpft schien. Der metallische Glanz seines Körpers flammte auf wie eine Minisupernova.

„Willst du dein sterbliches Gefäß abschütteln und den Platz dieser Einheit in der Großen Neutralität einnehmen, durch das Universum wandern, alle Geheimnisse lernen und kennen, bis du genug davon hast, oder willst du, dass ich dir nur dieses eine, das größte, erzähle und dafür sterben, dass du es weißt?"

„Den Platz dieser Einheit?", wiederholte ich verblüfft.

„Ja. Ich bin es leid, durchs Universum zu irren, verbunden und doch getrennt. Ich möchte mich meinen Schwestern und Brüdern im Großen Kern anschließen. Du bist jung, neugierig, widerstandsfähig. Du wurdest besiegt. Von Haslar sanktionierte Plünderer nahmen dir dein Kind, töteten deine Familie und verstümmelten dich. Trotzdem hast du heute um den Tod ihrer Kinder geweint. Du hast gesehen, dass etwas nicht stimmt, obwohl du keine Erfahrung mit dem hattest, was geschah. Obwohl du mit den körperlichen Ausdrucksformen dieser Spezies nicht vertraut warst. Du hast H'Gar'eshs Opfer erkannt und in deinem Herzen geehrt. Du bist qualifiziert und würdig."

Er wollte noch mehr sagen, hielt aber inne und begutachtete mich stattdessen nachdenklich.

Ich starrte einen langen Moment zurück.

„Du verstehst jetzt", er lächelte.

„Ihr seid es", flüsterte ich, „Das ist das Geheimnis! Das größte Geheimnis! Die antiken Haslar haben ihr Volk neu erschaffen. Sie haben all das hier erfunden, all das hier gebaut", ich deutete auf die Mechanik, die den Sonnenstrahl destillierte, die kristalline Kuppel, den Tisch und die mit Edelsteinen gefüllte Schatulle, „... und Euch", ich berührte seine Brust. Sie war glühend heiß, meine Fingerspitzen brutzelten, doch ich spürte keinen Schmerz, „Dorthin sind die Antiker gegangen. Sie schufen die Große Neutralität und ihre Einheiten. Sie haben einfach ... ein ganzes Volk in sie hochgeladen?"

„Nicht alle. Wir wurden getestet. Aber ja, du hast recht. Wir haben Platz geschaffen, damit unser neues Volk gedeihen kann."

„Und um sicherzustellen, dass sie sich nicht wieder selbst zerstören, seid ihr in der Nähe geblieben. Ihr passt auf sie auf!"

„Wir passen auf alle auf. Wir halten das Universum im Gleichgewicht. Wir sind wie ... Gärtner, die verschiedene Blumenbeete pflegen. Manchmal muss man einige der Pflanzen stutzen, damit die anderen einen besseren Zugang zur Sonne bekommen. Manchmal lässt man sie eine Zeit lang wild wachsen, manchmal gibt man ihnen zusätzliche Nährstoffe. Es kommt ganz darauf an."

„Wissen ist Macht. Ihr lenkt das ganze Universum mit eurem Wissen, euren Antworten, Fragen und Ratschlägen ... damit die Haslar im Mittelpunkt bleiben!?"

„Ja und nein. Am Anfang haben wir vor allem versucht, unsere Kinder in Zaum zu halten, damit sie gedeihen konnten ohne sich selbst der Grundlage zu berauben. Doch je mehr wir lernten, desto mehr sorgten wir uns auch um alle. Im Laufe der Jahrtausende haben wir unsere Reihen mit begabten Individuen aus anderen Völkern erweitert,

Individuen wie dir. Jetzt kümmern wir uns um das gesamte bekannte Universum. Wir haben erkannt, dass es da draußen noch andere Gefahren gibt; Gefahren, von denen selbst wir nur wenig wissen. Sie bewegen sich in den dunklen Weiten des Raums, dort, wo das Signal der Großen Neutralität nicht stark genug ist, vorzudringen."

„Ihr glaubt, dass etwas anderes hierher kommen könnte? Dass etwas euer Volk bedrohen könnte? ... mein Volk? ... alle Völker? Wie in diesem uralten Krieg, von dem Ihr mir mal erzählt habt?"

„Vielleicht. Vielleicht nicht für eine lange Zeit. Vielleicht auch nie. Es ist schwer zu sagen. Wie auch immer, du musst jetzt eine Entscheidung treffen. Wenn du Teil von uns wirst, kannst du niemals ganz ausgelöscht werden. Willst du das oder willst du dich deiner Familie im Tod anschließen? Sie im nächsten Leben wiedersehen?"

Ich verstand nun endlich, wie tief und wohlwollend seine frühere Täuschung gewesen war.

Es war wirklich mein Grab, das ich ihm zu schließen und zu weihen geholfen hatte. Damals hatte ich es nur noch nicht realisiert. Ich hatte nicht gewusst, dass meine Flügel alles sein würden, was von meinem Körper übrig blieb, nachdem Allarand mit mir fertig war.

Mein Fleisch, in der Erde meiner Heimat begraben, stellte das offen gelassene spirituelle Tor dar. Als Anker für meine Seele sollte es ihr die Möglichkeit geben, zu meinem Volk zurückzufinden, auch wenn ich so weit von meinen Wurzeln entfernt starb.

Oh, hätte ich das damals nur gewusst ... Doch wie ich mich kenne, hätte ich trotzdem gefragt, was ich fragte.

„Du hast also bereits meinen Geist hochgeladen? Alles, was ich bin, lief durch die kleine Box, die du in meinen

Kopf eingesetzt hast? Wo ist er jetzt? Wo existiere ich jetzt gerade?"

„Im Moment bist du hier, mit mir, und weichst der Frage aus. Du hast noch 5 Minuten und 3 Sekunden, um dich zu entscheiden."

Also dachte ich darüber nach. Wollte ich für immer und ohne Grenzen zwischen unseren Seelen bei dem Volk bleiben, das die Leute hervorgebracht hatte, welche die Plünderer bezahlten, die meine Familie getötet hatten, oder wollte ich der Trauer nachgeben, die ich tief in mir versteckt hielt, und eins mit den Sternen werden?

Nun verstand ich H'Gar'eshs Entscheidung. Vielleicht war es für eine Mutter einfacher, mit ihrem Kind zu gehen, wenn sie bereits zwei verloren hatte und nachdem sie sie alle mit jener grenzenlosen Liebe aufgezogen hatte, welche sie R'sal entgegenbrachte. Vielleicht war Ehre nie ihre Motivation gewesen.

War ich wie sie oder wie Cu'Lar, bereit, alle Regeln zu brechen, alle Grenzen zu überschreiten und mein Leben um jeden Preis für andere einzufordern?

Aber hier ging es ja um mich, nicht um die anderen. Nur um mich. Und vielleicht um das ganze Universum.

Ich war nicht wie die beiden, beschloss ich. Ich war ich. Ich würde immer ich sein.

„Wird es weh tun?", fragte ich.

„Ja", das schien ihn traurig zu stimmen, „Schmerz ist der Preis, den wir dafür zahlen, alles zu werden, was wir sein können."

Ich schluckte und gab dem Ganzen noch ein paar Schläge meines klopfenden Herzens.

„Ich habe Angst", gestand ich.

Allarand nickte, „Ich verstehe. Ich werde bei dir sein.

Ich werde dich bei jedem Schritt auf deinem Weg begleiten.“

Ich nickte.

Dann drehten wir uns um.

Er reichte mir seine Hand.

Ich nahm sie, und gemeinsam traten wir ins Licht.

KAPITEL VIERZEHN

UMHERSCHWEIFENDE GEDANKEN

„... stimmen Sie dem zu, Fr. Baileywick?", Glens Stimme durchbrach meine Grübeleien und verlangte sofortige Aufmerksamkeit. Sie war sanft und zuvorkommend, enthielt jedoch gleichzeitig diesen stählernen Kern namens Autorität.

Ich blinzelte einige Male, als ich das Gespräch, welches mein Körper aufgezeichnet hatte, noch einmal Revue passieren ließ. Dabei wurde mir bewusst, dass die Augen meines Kapitäns auf meinem Gesicht verweilten, während er einen erwartungsvollen Ausdruck in den faltigen Linien des seinigen präsentierte.

Meine Güte, wann hatte ich denn angefangen, derart abzudriften?

„In der Tat", stimmte ich den Aussagen unseres Chefingenieurs zu und nickte in Richtung des Kleinwüchsigen, „Wie Dr. Lustig zu Recht betont, sind die Stützen, mit denen wir die Stressfrakturen fixiert haben, nur eine vorübergehende Maßnahme, um sicherzustellen, dass die strukturellen Schäden sich nicht ausweiten. Sie verbessern sie jedoch kaum und werden nicht halten, wenn wir die *Gateshot* erneut missbrauchen. Bis wir sie reparieren können, müssen wir schnelle Manöver wie plötzliche Beschleunigungen oder scharfe Richtungswechsel unbedingt vermeiden."

Glen nickte. Sein Gesichtsausdruck verschob sich geringfügig zu einer Art unglücklicher Besorgnis, „Ich verstehe."

Diese Tatsachen waren nicht neu, das Update bestätigte lediglich, dass die tief sitzenden Schäden, welche seine Unachtsamkeit verursacht hatte, nicht durch Lustigs Genialität behoben werden konnten, so sehr wir uns das auch alle wünschten.

Nick nickte grimmig, während er sich mit verschränkten Armen zurücklehnte. Der ehemalige Pilot, jetzt Erster Offizier, hatte sich schnell an seine neue, unerwartete Position gewöhnt und machte seine Sache hervorragend.

Glens smaragdgrüne Augen verweilten noch einen Moment länger auf meinen; das amüsierte Glitzern in ihnen bestätigte, dass er meine plötzliche Zerstreutheit sehr wohl bemerkt hatte.

„Fr. Baileywick, macht es Ihnen etwas aus, noch einen Moment zu bleiben?", fragte mein Kapitän, als er die Versammlung auflöste und sich alle zum Aufbruch bereit machten. ... Die meisten von ihnen zog es angesichts der späten Stunde zweifelsohne ins Bett.

Ich konnte mich kaum noch daran erinnern, wie sich

eine lange Nacht Schlaf anfühlt. Mein neuer Körper brauchte keinen. Es war sehr erfrischend, Mensch zu sein, denn die originalgetreue Nachahmung produzierte etwas, das der Neigung dieser anderen Spezies, sich auszuruhen und zu träumen, sicherlich sehr nahe kam – auch wenn es eine optimierte Version war, welche mir kaum erlaubte, meine Augen für mehr als vier Stunden am Stück zu schließen.

„Natürlich nicht", ich lächelte und ließ mich zurück in den Stuhl links neben seinem Schreibtisch sinken.

Glen nutzte die Zeit, bis alle gegangen waren, um seine Uniformjacke auszuziehen und sie über die Lehne seines Stuhls zu hängen. Dann griff er in sein Schreibtischkabinett und zog eine Flasche Scotch und zwei Gläser aus der untersten Schublade.

Ich folgte seinem Beispiel und genoss das befreiende Gefühl, das steife Kleidungsstück loszuwerden. Am liebsten wäre ich auch aus meinen Stiefeln geschlüpft, doch das hätte sich nicht geziemt.

Schuhe ... selbst nach Jahren in dieser anderen Form, in der meine verletzlichen Füße den zusätzlichen Schutz dringend benötigten, kamen sie mir noch immer wie ein unnötiges Utensil vor.

„Geht es dir gut?", er füllte etwa 4 cl in jeden Tumbler und schob mir einen rüber, „Du wirkst seit einigen Tagen etwas ... unkonzentriert."

„Vielen Dank", ich nahm das Glas entgegen und hob es hoch, um am Inhalt zu riechen, so wie ich es schon bei ihm beobachtet hatte und wie er es auch jetzt tat.

Meine Erinnerungen klammerten sich noch immer hartnäckig an meinen Verstand und überlagerten die aktuelle Erfahrung mit einem seltsamen Gefühl des Verlassens und Verlieren von Zuhause, aber auch der Rückkehr dorthin.

„Es tut mir leid", ich schüttelte den Kopf und versuchte, die anhaltenden Emotionen zu vertreiben, „Was passiert ist, das ... Ich schätze, es hat mich nur an ein paar Dinge erinnert. Es hat einige Erlebnisse wachgerufen, die ich lieber vergessen würde."

„Der Sonnenstrahl?", das leichte Neigen seines Kopfes verriet, dass er gern mehr über dieses Fragment meines Geistes wissen wollte, welches er gesehen hatte, als er mich vor ein paar Tagen aus meiner Panik gerissen und mir geholfen hatte, Konani vorm Explodieren zu bewahren.

Ich nickte. Es war mir noch immer ein Rätsel, wie er das angestellt hatte. Die einzige halbwegs vernünftige Erklärung war zugleich unmöglich, denn sie setzte voraus, dass er seine Magie auf mich angewendet hatte. Und Magie funktionierte nicht bei Wächtern, das wusste schließlich jeder.

„Wirst du mir jemals erzählen, worum es da ging?", er hielt mir sein Glas entgegen.

„Vielleicht irgendwann mal ...", ich berührte es mit meinem und ein leises *Klirren* hallte durch das stille Büro, welches eigentlich das Cockpit war ...

Mein Blick wanderte unaufgefordert in eine der Ecken, und in meinem Kopf erwachte ein anderes Bild zum Leben. Allarand, wie er genau dort an der Navigationskonsole – seinem Lieblingsplatz – saß.

Ich, wie ich in diesem neuen Körper im Frachtraum – jetzt Suzys Büro – aufwachte.

Der höllische Schmerz der Umschreibung, zwischen der Verbrennung als ich selbst und der Wiederauferstehung als diese andere Person, mit all diesen Regeln und Richtlinien, welche nun tief in meinem Geist verankert und auf meine Seele geschrieben waren. All diese Konten. All diese Kontrollmechanismen ...

„Ich habe etwas zerstört, das mir nicht gehört", gestand ich, „Dieses Shuttle ist nicht etwa ein ... Gemeinschaftseigentum. Es gehörte meinem ...", ich wollte „Meister" sagen, aber das fühlte sich jetzt nicht mehr richtig an. Ich wollte „Freund" sagen, aber auch wenn ich das Gefühl hatte, dass das die meiste Zeit über stimmte, schien es mir angesichts meines Todes grade widersinnig. Ich wollte „Mörder" sagen, aber das schien mir ein zu restriktiver Begriff. Alle menschlichen Begriffe waren zu restriktiv, um zu beschreiben, was Allarand für mich gewesen und auch weiterhin war. So entschied ich mich schließlich für die Annäherung, die ich gewählt hatte, um zu betiteln, was ich für Glen sein sollte: „meinem Führer. Er hat Tausende von Jahren in diesen Räumen gelebt. Solche Schiffe werden heute nicht mehr gebaut. Ich weiß nicht, wo ich das Teil herbekommen könnte, um es zu reparieren."

Wahrscheinlich im Haslarraum, wenn überhaupt irgendwo ...

Glen nickte nur. Das genügte, um die Scham über seinen Kontrollverlust und das, was danach geschah, auszudrücken. Merkwürdigerweise konnte ich ihn meist so gut verstehen, während mich die Interaktionen mit anderen Menschen oft verwirrt zurückließen, unsicher über ihre tieferen Gefühle und Absichten.

Mit Verspätung blinzelte er.

„Tausende von Jahren?", die Augen meines Gesprächspartners weiteten sich sichtbar.

Ich schüttelte nachsichtig den Kopf, mein Ton mild als ich erklärte: „Die wenigsten Völker sind so jung wie die Menschheit, Glen. Aber das ist ein Thema für einen anderen Tag."

„Vielleicht für morgen beim Frühstück?", seine Augen waren von demselben neugierigen Licht erfüllt wie meine vor so langer Zeit.

„Vielleicht", ich zwinkerte.

Wir saßen noch eine Weile da, nippten an unseren Getränken und gingen unseren eigenen Gedanken nach. Der Scotch schmeckte kräftig, vielschichtig und geschmeidig. Eine ganze Geschmacksdimension war in dieser unscheinbaren bernsteinfarbenen Flüssigkeit enthalten. Herrlich.

Wärme breitete sich in meinem Magen aus.

„Du magst Essen und Trinken, auch wenn du es nicht brauchst", teilte Glen seine Vermutung mit, wobei die Frage im Ton seiner tiefen Stimme nur angedeutet war.

Kräftig, vielschichtig und geschmeidig, wie sein Scotch. Durchs Alter gereift. Wenn ihm danach war, konnte er ein richtiger Charmeur sein und ich fand es mitunter beeindruckend, wie er die Kluft der Fremdartigkeit überbrückte und dafür sorgte, dass ich mich in seiner Gesellschaft fast wie zu Hause fühlte, jetzt, nachdem wir endlich die quälenden Missverständnisse, welche wir beide zuvor pflegten, aus dem Weg geräumt hatten.

Es war ... angenehm.

Und es war auch befreiend, den Schmerz hinter mir zu lassen, welchen unser früherer Konflikt in meiner Programmierung ausgelöst hatte.

„Stimmt", ich lächelte, „Die Vorlieben der Menschen sind so verschieden. Das gefällt mir."

„Ist es so anders da, wo du herkommst?"

„Die Geschmäcker sind ... einfacher dort", ich versuchte, sie heraufzubeschwören, doch die Erinnerungen an die letzten Mahlzeiten auf meinem Heimatplaneten waren längst verschwommen. Ich hätte die Datenbanken der Großen Neutralität nutzen können, um die Erinnerungen anderer Wanderer an den Genuss von Speisen und Getränken dort in kristallklaren Aufzeichnungen abzurufen, welche alle verfügbaren Sinne abdeckten – sogar einige, über die ich nie verfügt hatte und welche die Menschen nicht begreifen konnten –, aber das erschien mir unaufrichtig und nebensächlich, „Auf meinem ursprünglichen Heimatplaneten sind die Produktionsmethoden näher an der Natur und in vielen Fällen weniger ausgereift.“

Bevor Glen weiter nachhaken konnte, hob ich eine Augenbraue und fragte: „Worüber wolltest du eigentlich mit mir reden?“

Mein Kapitän schüttelte selbstironisch den Kopf, „Bin ich so durchschaubar?“

„Ich sehe, dass du dir aufrichtig Sorgen um meine Psyche machst und darum, wie sich die jüngsten Ereignisse auf sie ausgewirkt haben könnten“, versicherte ich, „Und ich schätze dein Mitgefühl sehr. Aber du hast seit der Verbrennung auch nach einem ruhigen Moment gesucht, um mit mir zu reden. Ist es etwas, das Rupert gesagt hat?“

Die Antiker wussten, welche Ideen dieser lästige Geist Glen im Aufzug in den Kopf gesetzt hatte. GaSIn war nicht in der Lage gewesen, das Gespräch aufzuzeichnen, zweifellos geblockt durch die von Rupert ausgestrahlte Magie.

„Ja“, mein Kapitän nippte an seinem Getränk und lehnte sich zurück, um mir alles zu erzählen. Er endete mit: „Da du sagtest, du könntest darüber reden, sobald er mir gesagt hat, was er ist, hatte ich gehofft, dass wir dieses Gespräch jetzt führen könnten.“

Ich starrte ein paar Sekunden lang in mein leeres Glas und überdachte, was ich gerade erfahren hatte.

„Soweit ich es weiß und verstehe, hat er dich nicht angelogen", wich ich schließlich aus.

„Aber er hat mir auch nicht alles erzählt", Glen hob die Flasche und ich hielt ihm meinen Tumbler hin, damit er ihn nachfüllen konnte, „Du darfst also immer noch über nichts reden, was er nicht gesagt hat?!"

Manchmal war es beängstigend, wie er in meinen Kopf zu schauen schien, als wäre ich ein offenes Buch.

Es war so einfach, die meisten anderen Menschen zu täuschen ... ihn jedoch nicht. Das war unheimlich spannend.

Ich nickte, „Korrekt."

Glen füllte sein eigenes Glas auf, während er seine folgenden Worte sorgfältig abwog. Als ob er Worte als eine begrenzte Ressource betrachtete, begann er in Gesprächen wie diesen oft mit den Fragen, die er am dringendsten beantwortet haben wollte.

„Das mit der Wiedergeburt stimmt also?", war seine schlussendliche Entscheidung.

„In der Tat", ich genoss noch einen Schluck, bevor ich fortfuhr: „Die meisten anderen Völker wissen darum, aber wie sie mit diesem Wissen umgehen, ist unterschiedlich. Für die meisten ändert es nichts an der durch die Sterblichkeit auferlegte Limitation, denn wir wissen, dass die Person, die wir in einem Leben sind, am Ende desselbigen stirbt. Es ist unsere Seele, welche wiedergeboren wird, aller Erinnerungen beraubt. Die Frage, was von der Person übrig bleibt, die du bist, wenn du stirbst, ist eines der größten Rätsel des Universums. Es scheint, dass sich Seelen durch die Erfahrungen, die sie sammeln, in irgendeiner Weise weiterentwickeln, aber wie und warum, wenn sie sich nicht mehr an die den Wachstum auslösenden Momente erinnern können, bleibt höchst umstritten."

In einer nachdenklichen Geste zog Glen langsam das Gummi aus seinen Haaren und kämmte die schulterlangen rotweißen Strähnen mehrmals mit den Fingern durch, bevor er den einfachen Pferdeschwanz neu band.

„Aber du hast die Erinnerungen an dein letztes Leben behalten?"

„Ja, sie wurden vor meinem Tod in die Datenbanken hochgeladen."

„Und was ist mit deiner Seele?"

„Sie wurde in die Große Neutralität integriert", ich zuckte mit den Schultern, „Ich bin mir nicht sicher, ob irgendjemand wirklich weiß, wie. Mein Volk benutzt eine uralte Technik, die zum Teil magisch ist, weshalb wir sie nicht verstehen. Es funktioniert einfach. Da wir unsere Seelen behalten, kann mein Volk Magie sehen und erkennen, und nur die uns durch unsere Programmierung auferlegten Einschränkungen hindern uns daran, sie zu benutzen."

„Wirst du also ewig leben?", Neugierde funkelte in seinen smaragdgrünen Augen.

„Ich habe das Potenzial dazu", räumte ich ein, „Aber ich könnte auch gelöscht werden, schätze ich. Bei all dem Ärger, den ich verursache, ist das nicht ausgeschlossen."

„Du hast also keine Angst vor dem Tod?"

In Wirklichkeit fragte er mich nach meinen Beweggründen, denn er wollte verstehen, wie sich eine solche Existenz auf ihn und unsere Mannschaft auswirken würde.

„Natürlich habe ich Angst vor dem Tod", ich schüttelte den Kopf, bedacht darauf, ihn zu beruhigen, „Jede Seele fürchtet den Tod. Das ist nur natürlich. Außerdem habe ich geschworen, dich zu beschützen, und wenn dieser Körper zerstört wird, werden meine Leute das Shuttle holen kommen. Andere Einheiten werden sich nicht um die

Besatzung kümmern. Sie werden die *Gateshot* wie eine Nuss knacken, um es zu extrahieren. Also werde ich mein Möglichstes tun, um hier zu bleiben und dafür zu sorgen, dass das nicht passiert!"

Die Spannung in seiner Körperhaltung ließ deutlich nach.

Wir tranken schweigend.

KAPITEL FÜNFZEHN

WISSEN UND VERANTWORTUNG

„Ich verstehe immer noch nicht ganz, warum die Velorianer nicht wissen dürfen, dass du an Bord bist", überlegte Glen nach einer Weile.

„Der Feind, den du nicht siehst, ist der, den du am meisten fürchtest", das verschmitzte Grinsen kam mir fast zu leicht über die Lippen, „Sie sehen mich nicht als Individuum, sondern als Teil meiner Art. Ein Tentakel, mit dem der Kraken das Wasser abtastet. Denn obwohl wir den Dingen gerne ihren Lauf lassen, sind wir verpflichtet, das Gleichgewicht zu wahren. Wir erzwingen nichts; wir sind keine Anführer oder Generäle. Aber das richtige Wissen zur richtigen Zeit an die richtigen Leute weiterzugeben, kann das Schicksal des gesamten Universums verändern. Deshalb wollen uns alle treffen – um ihre Fragen beantwortet zu bekommen. Und das ist auch der Grund, warum wir von einigen gefürchtet werden. Es gibt zwar viel mehr Menschen als Velorianer, doch sie haben die fortschrittlichere Technologie. Wenn zwischen euren beiden Spezies ein Krieg ausbrechen würde, könnte das für alle Beteiligten schlimm enden. Meine Anwesenheit in diesem

System ist ein Schreckgespenst, welches die Velorianer nicht behelligen wollen. Denn sie wissen nicht, wie die Große Neutralität auf das, was sie tun, reagieren könnte."

„Diese Fragerei, was hat es damit auf sich?"

„Es ist eine Tradition, so alt ist wie mein Volk. Normalerweise verstecken wir uns nicht, wir wandern offen durch das Universum, und jeder, der will – und das ist normalerweise jeder – kann zu uns kommen und uns etwas fragen. Ein Sprichwort besagt, dass jeder eine Frage bekommt, egal wer oder was er ist. Diese wird natürlich angezeigt. Die Leute benutzen all diese rituellen Formalitäten, um sicherzustellen, dass wir verstehen, dass es sich um ihre große Frage handelt. Damit sie uns nach dem Wetter fragen und sich vorher höflich unterhalten können, ohne befürchten zu müssen, ihre einzige Chance auf das zu verlieren, was ihnen am meisten auf der Seele brennt."

„Das Wissen des Universums direkt vor der Nase haben", Glen verstand genau, was ich meinte, „Das ist wie ein Lottojackpot."

„Richtig. Und wenn man bedenkt, wie wenige von uns es gibt, ist es ungefähr genauso wahrscheinlich. Natürlich können wir nicht alle Fragen beantworten. Wir können nicht sagen, was wir nicht wissen, und bestimmtes Wissen wäre zu destabilisierend für den Empfänger oder seine Gesellschaft, wenn wir es preisgeben würden; also verbietet uns das Gleichgewicht, zu antworten."

„Du könntest also zum Beispiel einem Menschen kein Wissen über die Technologie deiner Spezies geben?", fragte Glen.

Ich lachte, „Wir können KEINER Spezies dieses Wissen zur Verfügung stellen. Es ist zu gefährlich. Deshalb werden uns all diese Beschränkungen auferlegt, damit wir die Lücke nicht ausnutzen, damit wir uns an unsere

Programmierung halten, damit wir das Gleichgewicht bewahren."

Er nickte nachdenklich, „Wie du mir, so ich dir ... das heißt, du stellst im Gegenzug eine Frage? So sammelt ihr all das Wissen, das ihr dann schützt?"

„Ja, eine Frage oder Bitte von gleichem Wert. So funktioniert das ... unter normalen Umständen."

Er hob eine buschige Augenbraue.

„Ich bin im Undercover-Modus", ich deutete an mir herab, „Solange niemand weiß, was ich bin, muss ich keine Fragen beantworten. Außerdem haben die Velorianer euch nicht über uns aufgeklärt, was die ganze Scharade im Bezug auf die Menschen sowieso überflüssig macht."

„Und was ist mit den Velorianern? Du sagtest, sie hätten dich hereingelassen. Warum hast du sie da nicht gefragt, was sie mit den menschlichen Frauen machen?"

Die Erinnerung an mein Treffen mit dem primären velorianischen Botschafter Thallamon erschien klar und deutlich vor meinem inneren Auge, als meine Gedanken darauf zugriffen. Alles, woran ich mich erinnerte, war jetzt so klar und deutlich, nicht wie die verschwommenen, unsicheren Fetzen von kaum behaltenen Eindrücken, welche meine zuvorige Existenz geprägt hatten.

„Es ist Tradition, dass der andere zuerst fragen darf", hörte ich mich erklären, „Theoretisch können wir die erste Frage stellen, jedoch gilt das als unhöflich und niemand muss unsere Fragen beantworten, wenn sie nicht wollen, dass ihre Fragen beantwortet werden. Bis jetzt hat mir kein Velorianer, dem ich in diesem System begegnet bin, eine Frage gestellt. Und als ich den Botschafter darauf ansprach, was seine Pläne für die Menschheit sind, antwortete er nicht. Alles in allem ein riesiges Warnsignal! Wie ich schon sagte, die Leute betrachten es normalerweise als eine große

Ehre und als die Chance ihres Lebens, uns Fragen zu stellen."

Ich ließ ihn darüber nachdenken, während sich erneut eine angenehme Stille zwischen uns niederließ.

Schließlich fragte Glen: „Ich weiß, was du bist. Heißt das, ich darf eine dieser großen Fragen stellen?"

Mit einem milden Lächeln schüttelte ich den Kopf, „Ich bin deine Führerin, du kannst mir soviele Fragen stellen, wie du willst. Dafür bin ich da – jeder, der Teil der Crew ist, darf das. Es ist so: das Gleichgewicht kann nicht nur mit Worten, sondern auch mit Taten gewahrt werden. Jeder, der an dieser Mission teilnimmt, bezahlt mit seiner wertvollen Zeit, seiner Arbeit und seinem Sachverstand, um zusätzlich zu einem großzügigen Gehalt auch Zugang zu meinem Wissen zu bekommen."

Ähnlich wie ich, als ich Allarands Dienerin wurde. Es war nur dieses kostbarste aller Geheimnisse, welches mir das größte aller Opfer abverlangt hatte. Hätte ich nicht danach gefragt, hätte er mich vielleicht trotzdem mitgenommen ... vielleicht.

Als ich ihn später dazu befragte, hatte ich den Eindruck, dass er sich selbst nicht ganz sicher war.

„In angemessenem Rahmen, schätze ich?", Glen lächelte, während er an seinem Getränk nippte.

„Ja, in angemessenem Rahmen", ich nickte.

„Von der Fragerei hast du den Führungskräften aber nichts gesagt."

Ich machte eine vage Geste, „Nun, ich denke, ihnen zu erklären, dass ich ein außerweltlicher Roboter bin, der genau weiß, was sich auf der anderen Seite des Tores befindet, war Offenbarung genug für einen Tag. Rivers nutzt jetzt schon jede Gelegenheit, um mir aufzulauern und mich auszufragen ..."

Der sanfte Klang seines dunklen Lachens füllte sein Büro mit dem äußeren Ausdruck der Belustigung, die wir beide in uns spürten, und ich stimmte gerne mit ein.

„Um auf die Velorianer und deinen Status als Schreckgespenst zurückzukommen", Glen schüttelte den Kopf, „Werden sie nicht vermuten, dass du an Bord dieses seltsamen Prototyps bist?"

„Bestimmt", räumte ich ein, „Aber sie können sich nicht sicher sein. Solange ich mich nicht zu erkennen gebe, kann ich ihre Wahrnehmung nicht zweifelsfrei beeinflussen. Aber ich habe mehrere ‚Sichtungen' auf verschiedenen Planeten eingerichtet, um sie abzulenken. Ich hoffe nur, dass das ausreicht, um sie davon abzuhalten, etwas Radikales zu tun, während wir fort sind."

Glen nickte, seine Augen spiegelten meine Besorgnis wider, während sich seine Wirbelsäule straffte.

Beim Gleichgewicht, die Menschen waren erstaunliche Geschöpfe. Obwohl ihre Körper so verletzlich schienen und so leicht zerstört werden konnten, waren sie auch bemerkenswert anpassungsfähig, kampflustig und unnachgiebig. Vielleicht war es ihre technologische Unterlegenheit, die mein Herz ursprünglich für sie entflammte. Vielleicht war es ihre Natur, die mich dazu verleitete, zu bleiben und alles, was ich war und sein konnte, aufs Spiel zu setzen.

Tief in mir spürte ich ein Echo der Explosion, welche mir die rechten Flügel weggerissen, mich zu Fall gebracht und getötet hatte. Die mich auf diesen Weg zwang, auf dem ich inzwischen wandelte, und mich Ähnlichkeiten zwischen dem Verhalten der Velorianer gegenüber den Menschen und den Sklavenüberfällen auf meinem eigenen Planeten vermuten ließ. Ich war die einzige Überlebende eines Dorfes, welches einmal meine ganze Welt gewesen war. Das würde ich niemandem wünschen. Ich würde dafür sorgen, dass Glen und seinem Volk so etwas nicht widerfuhr.

Was auch immer die Velorianer mit den weggelockten, vermutlich sogar gekauften und entführten Frauen vorhatten, ich würde es herausfinden. Ich würde sie zurückholen.

Ich würde für sie tun, was ich für meine eigenen Leute nicht hatte tun können. Was mir nun eindeutig verboten war, für meinen Sohn zu tun. Denn mein altes Leben sollte genau das sein: Mein altes Leben, das nichts mit dieser neuen Existenz zu tun hatte.

Ob diese Anweisung wohl jemals irgendjemand einfach so umsetzen konnte?

Wie lange hatte Allarand gebraucht, um alles, was er vor so vielen Jahrtausenden nicht hatte mitnehmen dürfen, wirklich hinter sich zu lassen?

„Glen, mein Körper mag haltbarer sein als deiner, aber unsere Seelen sind genauso unsterblich. Und genau wie du kann ich nicht in der Zeit zurückgehen, so sehr ich es mir auch wünschen mag", ich legte meine Hand auf seine und drückte sanft zu, „Ich kann nur vorwärts gehen. So wie alle Lebewesen."

Plötzlich und ohne Vorwarnung zuckte seine rechte Hand. Er verbarg es nicht vor mir, wie vor dem Rest der Mannschaft; er wusste, dass ich es bereits wusste.

„Du hast einen Nervenschaden in deinem Mittel- und Ringfinger", diagnostizierte ich.

Glen nickte und begann, eine Hand mit der anderen zu massieren. Dies half wahrscheinlich gegen die Steifheit, aber nur eine Hand zu benutzen, war suboptimal.

Ich streckte die meinen anbietend aus. Nach einer

Sekunde der Unschlüssigkeit ließ er mich übernehmen, „Ich ... könnte das für dich in Ordnung bringen. Wenn du es möchtest."

„Wie?", er schien verhalten, „Dr. Fox sagte, eine Behandlung wäre sehr schwierig und zeitaufwändig. Sie war sich nicht sicher, ob sie es reparieren kann, ohne sie komplett auszutauschen ... Ich habe 96 Jahre und einen Krieg überstanden, ohne dass ich etwas an mir austauschen lassen musste. Ich sehe nicht ein, jetzt damit anzufangen."

„Also hast du sie schließlich doch konsultiert?"

„Ja. Sie schien überrascht. Beinahe ... bestürzt", Glen runzelte die Stirn, „Ich weiß nicht, wieso. Aber es war sehr seltsam ..."

„Vielleicht liegt es an deinem Ruf", ich zuckte mit den Schultern und strich sanft die Muskelstränge unter der abgenutzten, schwieligen Haut glatt. Sein sinkender Puls signalisierte mir, dass er die Behandlung genoss, auch wenn er darauf bedacht war, sich das nicht anmerken zu lassen.

„Vielleicht. Also, wie würdest du es angehen?"

Er wusste es natürlich, wollte sich nur vergewissern.

„Ich würde dir Teile von mir injizieren. Sie würden sich mit den beschädigten Stellen verbinden und sie auf zellularer Ebene reparieren."

„Naniten?"

„Ja, Naniten."

„Wenn du Leute einfach so ... reparieren kannst", Glen zog eine seiner buschigen Augenbrauen in unausgesprochener Herausforderung hoch, „warum hast du das nicht schon früher getan?"

„Ich kann nicht einfach jeden reparieren. Es ist nicht erlaubt", ich schüttelte den Kopf, „aber du bist mein ..."

Ich hielt inne und sah verlegen auf, als ich seinen Blick auf mir spürte.

„Dein was?", in seinen smaragdfarbenen Augen glühte etwas, das mich herausforderte, es zu sagen und nicht nur zu denken, „Wenn du meine ‚Führerin' bist, was bin ich dann in den Augen deines Volkes?"

„Mein Schüler", gab ich zu.

„Dein Schüler?", Glen brach erneut in schallendes Gelächter aus. Als wäre es eine absurde Vorstellung, dass er, mit seinen 96 Jahren, noch bei irgendjemandem in die Lehre gehen könnte. Und dann auch noch bei mir, dieser unbeholfenen, stümperhaften Hochstaplerin.

Nach ein paar Sekunden stimmte ich ein.

Sicher, Leute jenseits des Raumtors hätten sein Verhalten als höchst respektlos bezeichnet, und andere meiner Art hätten sich wahrscheinlich gekränkt gefühlt, wären völlig bestürzt, ja sogar wütend gewesen. Genauso hatte auch ich noch vor wenigen Tagen angenommen, dass ich mich verhalten sollte. Doch jetzt nicht mehr.

Ich hätte meine sprichwörtlichen Federn aufplustern und ihn daran erinnern können, dass der Zugang zu meinem Wissensschatz ein großes Geschenk ist, für das er dankbar sein sollte.

Aber er wusste es und er war es auch.

Ich hätte den Altersunterschied zwischen meiner menschlichen Verkleidung und meinem wirklichen Ich betonen und ihm auseinandersetzen können, dass er aufgrund von Relativität und der Tatsache, dass die Zeit von Planet zu Planet unterschiedlich gemessen wird, alles in allem nicht einmal ein ganzes menschliches Jahrzehnt Vorsprung vor mir hat.

Doch das wäre sinnlos gewesen.

Zudem gefiel mir das entspannte Miteinander, welches wir jetzt pflegten, und ich hatte nicht mehr das Gefühl, ihm etwas beweisen zu müssen. Im Gegenteil, es gab auch so einiges, was ich von ihm lernen konnte.

Als er damit fertig war sein Amüsement auszudrücken, wurde Glen wieder ernster und fragte: „Warum hilfst du Suzy nicht mit ihren Verletzungen? Sie ist schließlich auch deine Schülerin.“

„Sie wird hervorragend versorgt. Sie braucht nur Zeit, um zu heilen“, ich seufzte, „Du hingegen ...“

Ich hob seine Hand und betrachtete sie eingehend.

„Was siehst du?“, Neugierde wischte die letzten Reste seiner Heiterkeit beiseite.

„Deine Muskeln, deine Knochen“, ich strich über seine Haut und fuhr mit dem Finger nach, was darunter lag, „deine Blutgefäße, deine Nerven. Da. Du hast dort eine defekte Stelle, sehr klein. Und hier noch eine. Und hier. Wahrscheinlich das Ergebnis einer Verletzung oder einer längst abgeheilten Entzündung. Sie hat dein Fleisch verhärtet, wie Narbengewebe. Ich vermute, dass sich dort Flüssigkeit ansammelt und hin und wieder auf die Nerven drückt, was die Fehlzündungen verursacht. Ich würde das Narbengewebe auflockern und möglicherweise beschädigte Nerven wieder verbinden. Wenn du es mir erlaubst.“

Wenn du mir genug vertraust, um dir von einem außerweltlichen Roboter Naniten injizieren zu lassen, die dir alles Mögliche antun könnten ...

Ich erinnerte mich an den Sonnenstrahl. Ich erinnerte mich an das Gefühl, eine Marionette zu sein. Ich wusste jetzt, wie genau Allarand diesen Moment geplant hatte, wie schmal der Grat war, auf dem er sich bewegt hatte, um die Grenzen unserer Regeln einzuhalten.

Glen konnte das alles nicht wissen. Er konnte nicht wissen, dass ich es nicht durfte und auch wahrscheinlich nicht geschickt genug war, um so etwas mit ihm zu machen.

Mein Kapitän zog seine Hand zurück, dachte einen Moment darüber nach und nahm dann einen großen, bedächtigen Schluck.

„Tut mir leid", erklärte er schließlich, „Aber ich bin noch nicht so weit."

„Das verstehe ich", ich wusste inzwischen, dass ich ihn nicht drängen sollte, „Mein Angebot steht, falls du es dir anders überlegst."

Er nickte dankend und füllte unsere Gläser ein drittes Mal.

KAPITEL SECHZEHN

VERGANGENHEIT UND GEGENWART

Als ich eine Stunde später Glens Büro verließ, hatte sich ein leichter Schwips in meinen Körper geschlichen, welcher meine Glieder betäubte und meinen Geist erheiterte.

Ich konnte nicht wirklich betrunken werden und meine Fähigkeit zum kritischen Denken verlieren. Was ich erlebte, war nur der Teil, den mein Körper zuließ, damit ich die Wirkung auf meine Verkleidung besser verstehen und nachahmen konnte. Ich war in der Lage es jederzeit runterzuregeln, sollte ich das wollen, was den Sinn des Betrinkens von vornherein in Frage stellte.

‚Verdammt schade‘, wie Suzy sagen würde …

Das spaßige Hochgefühl veranlasste mich jedoch, in mein eigenes Büro zu gehen, hinüber zur rückwärtigen Wand.

Ich befahl dem Holofeld, sich abzuschalten, damit ich die darin eingelassenen Vitrinen begutachten konnte. Sie waren unterschiedlich groß und nur zehn Zentimeter tief, damit einem zufälligen Betrachter nicht sofort auffiel, dass sich die Wand weiter hinten befand, als seine Augen es zunächst vermuten würden.

In einer der Vitrinen drapiert lagen die neuesten Stücke meiner Sammlung: Ebbons Halskette, ein wertvolles und wertgeschätztes Geschenk, und das Armband, welches ich von ihm gewonnen hatte, nur um dann eine weitere verhängnisvolle Wette darauf abzuschließen und das mir Thea Robbins noch am selben Abend ordnungsgemäß zurückgegeben hatte.

Weitere Gegenstände aus dem menschlichen Raum fanden sich in der Wand verstreut, doch die, nach denen ich suchte, waren genau in der Mitte platziert.

Mein Blick blieb an den kleinen Ringen hängen, welche normalerweise an den Fußklauen getragen wurden. Sie waren beinahe groß genug, um meiner jetzigen Form als Armbänder zu dienen. Einer für jedes Küken, das ich ausgebrütet hatte, einer für meinen Gefährten.

Der Kummer in meinem Herzen war jetzt gedämpft und weit weg, genauso wie der Drang zu fliegen. Letzterem frönte ich ab und zu, wenn ich Zeit und Gelegenheit dazu fand. Es fühlte sich nicht mehr wie eine lebenswichtige Notwendigkeit an, sondern machte einfach Spaß. Den Trick, in der Luft zu schweben, hatte ich schon vor Jahren gelernt, nachdem ich die Bewegungen mit all dem Wissen und Verständnis, welche mir jetzt zur Verfügung standen, sorgfältig analysierte.

Was ich jetzt suchte, war eine Vitrine weiter.

Ich starrte auf die drei größeren Ringe aus biegsamem dunklen Metall, welche normalerweise um den Oberarm getragen wurden, auf die darauf eingravierten Reihen und Reihen von Namen. Schüler ihres Handwerks, zu Meistern geworden, nur um den Ring weiterzugeben, damit jemand

Neues seinen Namen in die Abfolge eintragen konnte. Mein Name war der letzte auf allen – drei lose Enden in eigentlich unendlichen Zeilen.

Ich hatte mir die Schwanzfedern ausgerissen, um eine Kriegerin zu werden, war bis zur dritten Stufe aufgestiegen, hatte mich jedoch nie bereit gefühlt, selbst einen Schüler anzunehmen. Jedenfalls nicht bis jetzt.

Und auch jetzt gab es noch viele Tage, an denen ich mich nicht bereit fühlte, diese Verantwortung zu tragen.

Allarand betonte gerne, dass dies normal sei. Es wäre ein Zeichen für einen guten Lehrer, wenn er verstand, dass er niemals alles wissen und immer auch selbst Schüler bleiben würde.

Und obwohl ich keine Karrkuishianerin mehr war, obwohl es mir offiziell nicht erlaubt war, wie eine solche zu denken oder handeln, um meine Neutralität nicht zu beeinträchtigen, obwohl dies nichts mit meinen eigenen Lehrjahren zu tun hatte, und obwohl ich mich in diesem Moment im menschlichen Körper mehr zu Hause fühlte als in jedem anderen, verspürte ich doch plötzlich das Bedürfnis, meine Vergangenheit mit meiner Gegenwart zu verbinden.

Das durchsichtige Gehäuse glitt zur Seite, als ich die Hand ausstreckte, um den Ring der dritten Stufe herauszunehmen.

Meine Augen fanden schnell den letzten Eintrag.

Einen Herzschlag lang schwebte meine scharfe Metallklaue über dem Ring.

Dann kratzte ich *seinen* Namen direkt neben meinen.

Glen Michael MacAllister

Und legte den Ring zurück in die Vitrine.

Das Holofeld erwachte zu neuem Leben, als ich mich

umdrehte, um Allarands Shuttle zu verlassen, und mein Geist durchsuchte bereits die Kameras und Sensoren auf der Suche nach einem leeren Hangar.

Ich hatte Lust, eine Weile zu fliegen.

~ das Ende? ~

🕮 Lieber Leser, 🕮

Danke, dass du dir die Zeit genommen hast, mein Buch zu lesen. Ich hoffe, es hat dir gefallen!

Wenn ja, würde es mir sehr helfen, wenn du eine kurze Rezension auf Amazon hinterlässt, damit andere Leser diese Serie entdecken!

Wenn du wissen willst, wie sich Nick und Gabe kennengelernt haben, melde dich für meinen Newsletter an und erhalte die Novelle „Spartan Roulette" kostenlos für Kindle, andere E-Reader oder als .pdf!

Außerdem kannst du mir gerne schreiben, was ich besser machen kann, oder einfach „Hallo" sagen unter Hi@KimNexus.de.

Mit freundlichen Grüßen,

DANKSAGUNGEN (SOZUSAGEN)

Selbst nachdem ich drei Bücher veröffentlicht habe, fühlt es sich komisch an, Danksagungen zu schreiben. Als ob ich immer noch eine Art Hochstapler wäre und es nicht verdient hätte. Außerdem habe ich als Self-Publisher, die ja das meiste selbst macht, kaum Mitstreiter.

Aber ich möchte die Gelegenheit nutzen, um meinem lieben Freund und Coverartist Björn zu danken, welchem dieses Buch gewidmet ist.

Danke, dass du über zwanzig Jahre lang zu mir gehalten und mich auch dann nicht fallen gelassen hast, als ich dir einmal mit meiner übereifrigen Ehrlichkeit ordentlich eins auf die Mütze gegeben habe!

Danke, dass du immer offen für meine verrückten Ideen bist, auch dann, wenn ich es eigentlich nicht verdient hätte!

Danke, dass du das Cover von Band 02 gerettet hast!

Danke, dass du meinem verbesserten Ich eine Chance gegeben und zugestimmt hast, nicht nur ein Freund, sondern auch ein Geschäftspartner zu sein!

Und nicht zuletzt danke ich dir, dass du dir immer so viel mehr Mühe gibst, als ich dir jemals bezahlen könnte! Ich weiß das wirklich zu schätzen!

Die andere Person, für die ich wahnsinnig dankbar bin, ist mein wunderbarer Ehemann und Lektor Jim, der das größte Geschenk ist, welches mir das Leben je gemacht hat.

Vielen Dank, dass du zu mir hältst, mir hilfst (und wenn es sein muss, mich antreibst) und so viel Zeit und Mühe in meinen kreativen Traum steckst. Du bist der Hammer!

Ein großes Dankeschön geht auch an meine wunderbaren Kinder, die mich mit diesem ganzen anderen Universum teilen, auch wenn sie mich lieber für sich selbst hätten.

HALLO, ICH BIN KIM NEXUS!

Willkommen in meiner Welt!

Ich bin eine Vollzeit arbeitende Mutter und lebe in Deutschland mit meiner wunderbaren Familie in einem Haus, in dem jedes Zimmer anders gestaltet ist, weil wir alles selbst gemacht haben und wir langweilige Dinge hassen. Ich würde gerne mehr lesen, als ich es je schaffe (vor allem mehr Belletristik), und wenn ich dazu komme, dann mag ich vor allem Paranormal Romance und Science Fantasy. Andere Interessen von mir, über die ich immer mehr lernen möchte, sind: das Lernen an sich, Selbstverbesserung, Motivation, Bio-Hacking, Geschichte und die englische Sprache.

Erfahre mehr über mich auf KimNexus.de.

Oder melde dich für meinen Newsletter an unter KimNexus.de/Newsletter.

Bitte rezensiere dieses Buch!

Ich weiß, ich weiß, jeder sagt es heutzutage, aber es hilft uns Indies WIRKLICH, wenn ihr euch nur fünf Minuten aus eurem hektischen Tag nehmt und schnell ein paar Eindrücke notiert. Sagt der Community, was euch gefallen hat und was nicht, damit andere Leser wissen, ob dies das richtige Buch für sie ist und damit ich das nächste Buch für uns alle besser machen kann.

Vielen Dank dafür!

Die ganze Reihe auf Amazon
finden und rezensieren:

Sag Hallo

Ich werde nichts versprechen, da ich momentan einen vollen Terminkalender habe, aber wenn ihr Fragen oder Anregungen habt, oder Tippfehler und Ähnliches findet, schickt mir doch einfach eine E-Mail an Hi@KimNexus.de oder schick mir eine PN auf Twitter (twitter.com/ kim_nexus).

„Bessere Frage: Warum hast **du** *keine Knarre?„*

„Was? Ich dachte, das hier wäre Date Night!", Nick hielt den Kopf gesenkt und drehte die Drohne in seinen Händen, um zu sehen, ob er sie wiederbeleben konnte, „Wozu sollte ich eine Knarre brauchen?„

Triff Midshipman Nick Sheridan, zugewiesener Pilot des Spartanischen Platoons.

Wie jeder Soldat bestätigen kann, ist es eine kostbare Seltenheit, mitten in einem grausamen Krieg Stationsfreigang zu bekommen. Noch seltener ist es, illegal von einer umwerfend schönen Marine eingeladen zu werden.

Zu dumm nur, dass die nette kleine Station, an der die *Avalanche* dockt, eine tückische Todesfalle ist, der vermeintlich einfache Botengang, mit dem das Schiff beauftragt wurde, bloß eine List und der Skipper streng geheime Befehle hat, die sie alle umbringen könnten.

Du kannst nicht genug vom Hexenflug-Universum bekommen?

Willst du Nick, Gabe, Tank und Glen kennenlernen, bevor sie so richtig miteinander warm wurden?

Oder vielleicht brauchst du einfach nur eine Lektüre fürs Wochenende?

HEXENFLUG #04 - GLEICH WEITERLESEN!

„Was ist mit Ihnen? Halten Sie uns für gefährlich? Werden Sie das so Ihrem Kapitän sagen?", provozierte Federov.

„Das brauche ich nicht", erwiderte Felicity mit einem trockenen Lachen, unwillig, ihre Angst zu zeigen, „Ein blinder Narr kann sehen, dass Sie gefährlich sind. Die Frage ist nur, für wen?"

~

Ich bin Lieutenant Senior Class Sergey Federov.

Vom plutonischen Oberkommando mit einer sehr heiklen Bergungsmission beauftragt, begleitet von 60 der besten Commandotruppen und einem ehrwürdigen Priester, der sich uns ohne ersichtlichen Grund anschloß, bin ich in der Leere gestrandet.

Gerettet von einem merkwürdigen Schiff zwielichtiger Herkunft, sind wir nun darauf angewiesen, dass unsere Gastgeber uns an unser Ziel bringen.

Für ihre Kooperation bieten wir unseren Schutz.

Angesichts der enormen Zielscheibe auf ihrem Rücken haben sie das auch bitter nötig!

Aber hey, wenigstens ist ihre Ärztin hübsch.

~

Sag mal, Hexenflug in die Leere gefällig?

Hexenflug Chroniken #04 - **Hexenflug in die Leere**

Jetzt erhältlich bei Amazon als E-Book, Taschenbuch und Hardcover!

HFC #00 – SPARTAN ROULETTE
(HEXENFLUG NOVELLE #01)

HFC #03.5 – SONNENVERBRANNT
(HEXENFLUG NOVELLE #02)

Sonnenverbrannt (*Hexenflug Chroniken* #03.5)

von Kim Nexus

Titel der englischen Ausgabe:

Sunburnt (Witch Way Chronicles #03.5)

Verfasserin, Übersetzung & Coverdesign: Kim Nexus; c/o Block Services; Stuttgarter Str. 106; 70736 Fellbach

Entwicklungslektorat, Formulierungshilfe & Fehlersuche (deutsch und englisch): Jim Nexus

Coverart: Björn Frost [Besucht ihn auf deviantart or instagram!]

... Ach ja, und selbstverständlich sind alle **Ähnlichkeiten** mit lebenden **Personen** und realen Handlungen rein zufällig!

ISBN-13 (Taschenbuch): 978-3-949552-20-5

ISBN-13 (Hardcover): 978-3-949552-21-2

www.ingramcontent.com/pod-product-compliance
Lightning Source LLC
LaVergne TN
LVHW091435190726
843491LV00007B/1720